Beck, Heinrich; S

Die Schachmaschine, D　　　　ʊ.ʊꞔnene Whistpartie

oder Der Strohmann

Beck, Heinrich; Schall, Carl

Die Schachmaschine, Die unterbrochene Whistpartie

oder Der Strohmann

Inktank publishing, 2018

www.inktank-publishing.com

ISBN/EAN: 9783750119673

Die Schachmaschine.

Lustspiel von Heinrich Beck.

Die
unterbrochene Whistpartie,

oder:

Der Strohmann.

Lustspiel von Carl Schall.

Wien, 1826.

Gedruckt und verlegt bey Chr. Fr. Schade.

Die Schachmaschine.

Lustspiel in vier Aufzügen,

von

Heinrich Beck.

Personen.

Baron Rink.

Baroninn, seine Gemahlinn.

Julie von Wangen, seine Nichte.

Sophie von Hastfeld, seine Mündel,

Herr von Ruf, der ältere.

Herr von Ruf, der jüngere, sein Neffe.

Graf Balken.

Baron Wendheim, sein Stiefbruder, vormals
      Lieutenant in Holländischen Diensten.

von Salden, Assessor.

Frey, des jüngern Ruf Kammerdiener.

Flucht, des Grafen Kammerdiener.

Marie, Mädchen der Frau von Rink.

Bediente.

Zwey Träger.

Erster Aufzug.

(Zimmer der Baroninn.)

Erster Auftritt.

Die Baroninn im geschmackvollsten Puße, Marie. Hernach der Baron.

Baroninn (an der Toilette beschäftigt). Die Frisur sißt schief! Sie hat gar kein Genie; — in dem ganzen Kopfpuße herrscht keine Idee. Alles ist rund, wolkig und so gemein!

Marie. Auf welcher Seite befehlen Sie, daß ich ändern soll?

Baroninn. Hier, mehr Locken vom Hinterhaar nach der Seite zu.

Marie (befolgt es). Das Hinterhaar ist aber schon etwas sparsam geworden. —

Baroninn (besieht sich eine Weile im Spiegel). Freylich sind es keine Bauernzöpfe.

Baron (tritt ein).

Baroninn. Noch ein Paar Locken durch den Aufsaß gezogen.

Marie (befolgt es).

Baroninn. Mehr Caprize, im Fall von der Locke!

Baron. Noch mehr Caprize? Ich bin sonst schon damit zufrieden. Lassen Sie's doch gut seyn, mein Schatz.

Baroninn. Was haben Sie schon wieder zu erinnern?

Baron. Es wird also heute abermals in Gesellschaft gegangen?

Baroninn. Bitt' um Vergebung; heute ist Gesellschaft bey mir.

Baron. Schon wieder? Es kömmt oft an Sie.

Baroninn. Genirt Sie das?

Baron. Mit unter recht sehr.

Baroninn. 'O, ich dispensire Sie; Sie müssen nicht zugegen seyn.

Baron. Gar zu gnädig! Allenfalls war ich entschlossen mich selbst zu dispensiren: -- da ich manches mit Ihnen zu sprechen habe, (zu Marie) so lasse Sie uns allein.

Marie (geht ab).

Baron. Mein Kind, ich habe Ihnen nun den Gefallen gethan, dem Lieutenant Wendheim ein für allemal das Haus zu verbieten.

Baroninn. Daran haben Sie sehr wohl gethan.

Baron. Doch thut er mir leid!

Baroninn. Mir nicht.

Baron. Schade. Er taugt nicht zum Ingenieur; sonst müßte er besser verstanden haben, die Außenwerke zu erobern.

Baroninn. Soll das witzig seyn?

Baron. Ach nein! ich bin zu geduldig gewesen, als daß ich mir Witz erlauben dürfte.

Baroninn (ernst). Herr Baron —

Baron (fortfahrend). Indessen ist Wendheim ein armer Teufel, ohne Vermögen und Aussicht; folglich kann man ihm unsere Julie nicht geben.

Baroninn. Gut; sehr vernünftig! also, der Graf ist der Mann —

Baron. Noch zehnmal weniger!

Baroninn. Der hat doch alles dies, was jenem fehlt.

Baron. O, dafür fehlt ihm noch weit mehr was jener hat.

Baroninn (spöttisch). Zum Exempel??

Baron. Erstlich, Menschenverstand.

Baroninn. So?

Baron. Zweytens, Ehrlichkeit.

Baroninn. Herr Ba —

Baron. Drittens —

Baroninn. Ich habe genug. —

Baron. Haben Sie? — nun ich auch.

Baroninn. Sie haben einmal Vorurtheil gegen den Grafen. —

Baron. Nein Kind, — Nachurtheil! Da Sie einmal zu viel Vorurtheil für ihn hatten; kam bey mir plötzlich das Nachurtheil.

Baroninn. Ich glaube, Sie schwärmen.

Baron. Still — stille — mein Engel! ich habe ein gutes Gedächtniß! ich besinne mich noch sehr genau, daß Graf Balken, als er von der Universität kam, einer der ersten war, vor dem Sie alle Sorten Ihrer Ohnmachten in Parade erscheinen ließen, ihn zu interessiren.

Baroninn. Sie sind unausstehlich unhöflich

Baron. Tempi passati! Der Graf ist ein Dummkopf und ein eingebildeter Narr; Julie kann ihn nicht leiden, und soll ihn nicht heirathen; ich habe meinem alten Freunde Rufmein Wort gegeben für seinen Neffen; er wird mit nächsten eintreffen, und soll sie haben.

Baroninn. Sollte ich nicht auch noch ein Wort darein reden dürfen?

Baron. Ja freylich. Reden dürfen Sie so viel Sie wollen; aber ich werde thun, was ich will. Einstweilen werden Sie so gefällig seyn, ihrem albernen Grafen zu bedeuten, daß er ein für allemal Julien mit seinen Zudringlichkeiten verschone.

Baroninn. Ich danke für diese Commission!

Baron. So? nun da muß ich sie ja wohl selbst übernehmen. Ich gab sie Ihnen bloß aus Schonung für den Grafen; aus dem Munde einer Dame klingt so etwas doch sanfter.

Zweyter Auftritt.

Vorige. Der ältere Ruf.

Ruf. Es ist richtig! Er kömmt!

Baroninn. Wer denn?

Ruf. Mein Carl kömmt; Alter, heute müssen die Gläser tanzen. (An die Frau Baroninn eine Verbeugung.)

Baroninn. Und das setzt Sie so außer sich?

Ruf. Ob's das thut! er ist mein anderes Ich!

Baroninn. Welches Sie sehr tumultuarisch annonciren.

Ruf. In ihm sehe ich meine Jugendjahre

verschönert wieder. Sie würden sich eben so sehr freuen, wenn Sie ihn kennten.

Baroninn. Ich entsinne mich ganz dunkel; aber damals schien er mir ziemlich unbedeutend. Sie verzeihen mir die Offenheit. —

Ruf. Unbedeutend? Das war er schon nicht, wie er zum erstenmale das Tageslicht sah; 15 Jahre war er, ehe er reisete und damals freylich hat er eben Niemand die Cour gemacht — für — Aber jetzt — ist er ein Mann geworden! und — (zum Baron gutmüthig) ein verfluchter Kerl! Das kann ich dir sagen.

Baroninn. Die Louange von Kerl — wie Sie zu sagen belieben — soll wohl auf gut Deutsch heißen, ein sehr fein gebildeter Mann?

Ruf. Nein, wahrhaftig! das solls nicht heißen. Hol' der Teufel die fein geschnitzelten manierirten Bursche, und alle süßen Affen dazu! Ein lustiger, froher, natürlicher Mensch ist er: der mit dem besten Herzen manchmal die tollsten Streich macht; das solls heißen.

Baroninn. Tolle Streiche? gehören die zur Liebenswürdigkeit?

Ruf. Ganz und gar.

Baroninn. Sie haben Ihre eigene Sentiments.

Ruf. Rasche, tolle Streiche sind der Probierstein des Geistes, der Behendigkeit, der Thätigkeit; wer in den jüngern Jahren nicht tobt, bleibt ein Tölpel Gottes sein Lebenlang. Das ist mein Sentiment.

Baroninn. So haben Sie Ihre eigene Grundsätze.

Ruf. Die habe ich, danke Gott dafür, und Niemand hat sich noch übel dabey befunden. Durch sie habe ich Munterkeit und Geschäftsgeist erhalten. Ich bin, glaube ich, ein froher glücklicher Mensch; thue Gutes den Guten; verachte das Schlechte und die Schlechten; und so habe ich meinen Carl auch erzogen. Er ist die beste Seele auf Gottes Erdboden: aber darauf gebe ich mein Wort, er kann keinen Heuchler oder Schurken sehen, ohne ihm ein Bischen den Fuß zu stellen.

Baron. Wenn er aber in den Ehestand treten soll, so müssen doch wohl die tollen Streiche aufhören.

Ruf. Aufhören? mit der Heirath gehen sie erst recht an: denn, was ist Heirathen anderes, als einen tollen Streich machen?

Baroninn. Meiner Meinung nach wartet man mit dieser Heirath noch ein wenig; da können Sie Ihr Vergnügen an seiner Ausgelassenheit mit der Schicklichkeit vereinigen.

Ruf. Hörst du sie gehen? — Ah, meine Gnädige, Sie wollen Zeit gewinnen? um Julien ihren — an Leib und Seele kranken Grafen aufzuschwatzen? Dann rathe ich dir die ganze Aussteuer in wohlriechenden Puder und Brustzucker umzusetzen. Nein — da kenne ich meinen alten Freund zu gut; das gelingt Ihnen doch nicht.

Baroninn. Was Sie nicht Alles wissen?

Baron. Du magst Recht haben. Indeß ist dein Carl willkommen. — Ich freue mich, ihn zu sehen.

Ruf. Er gefällt dir sicher. Er ist voller Leben;

Witz und Schelmerey: aber — keinen einzigen
schlechten Streich —! letzthin noch —

Baroninn. Schreibt er Ihnen seine Aben=
teuer selbst?

Ruf. Wenig. Die meisten schrieb mir fein
Hofmeister. Ich habe ihm einen mitgegeben, der
eben auch kein Kopfhänger war: die Briefe —

Baroninn. Der Referent der tollen Strei=
che? das nenne ich doch eine hofmeisterliche Be=
schäftigung!

Ruf. Liebe Gnädige; was sollt' er ihn leh=
ren? Complimente, süße Narrheiten, — die wir
sonst Artigkeiten heißen.

Baron. Nein, das braucht er nicht; das
lernt er bey uns.

Ruf. Den Teufel auch! nichts davon. Wer
mir den Jungen verderbt, der kriegt Händel
mit mir. So wünsch' ich ihn; so ist er gewor=
den; und das freut mich! — Du weißt doch,
— ich war in meinen jüngern Jahren ein wilder
Passagier?

Baron. Gewiß.

Ruf. Ein Cato! gegen meinen Carl.

Baron. Da muß er arg seyn!

Ruf. Prächtig arg! Wie der verdammte Junge
nur ins Freye kam, da war's gleich als ob der
Teufel der Lustigkeit ihn regierte. Ich will dir
nur ein Stückchen von ihm erzählen. Auf der
Universität, wohin ich ihn schickte, war es den
Studenten verboten zu jagen; er kehrte sich nicht
an das Verbot, schoß mir nichts dir nichts einen
Rehbock. Wie aber den nach Hause bringen? Ei=
ner von seinen Cameraden mußte nach der Stadt

und eine Portchaise holen; sie gaben den Rehbock für einen blessirten Studenten aus, verbanden den Trägern die Augen, bis er eingepackt war, und ließen so die kranke Person in ihr Haus tragen.

Baron. Ein toller Einfall!

Ruf. Eins seiner letzten Abenteuer in Venedig wär' ihm aber beynahe theuer zu stehen gekommen, und davon bin ich auch unzufrieden; er mußte dort in den Kanal springen, weil ihn ein eifersüchtiger Ehemann mit Pistolen suchte.

Baroninn. Ein feiner Wandel! Eine schöne Empfehlung bey unserer Julie! Wo ein junger Mensch einmal solche Principes hat, da müssen gutdenkende Aeltern wachen, daß —

Baron. Bst! Bst! Kind! Danken Sie doch Gott, daß wir nicht in Venedig leben.

Dritter Auftritt.

Vorige. Sophie.

Ruf. Ah da geht meine Sonne auf!

Sophie. Sie ist heute mit schwarzem Ge- wölke umzogen!

Ruf. Wie das?

Sophie. Das Schicksal der Niobe! Man hat meine Kinder unter meinen Augen zerfleischt! mein armes Herz blutet!

Ruf. Wie so?

Sophie. Die Barbaren! ein neu gebornes Kind einer so zärtlichen Mutter!

Baroninn. Erklären Sie sich deutlicher, Fräulein!

Sophie. Mein neuester Roman Aglai, ist fürchterlich recensirt! und ich, ich wandele umher und erfülle die Lüfte mit meinen Klagen.

Baroninn. Es geschieht dir recht. So gehts, wenn man sich immer auszeichnen will. Stricke, sticke, wie es dem Weibe ziemt; dann wird dich kein Recensent antasten.

Baron. Putz dich, geh in Gesellschaft; spiele bis an den lichten Morgen, wechsle die Liebhaber mit dem Mondlicht, — und — wenns nicht so recht mehr gehen will — gib ihnen Feten; dann wird dich kein Recensent antasten.

Ruf (lachend). Ein guter Stich! er blutet.

Baron. Gott bewahre! wir haben eine zähe Haut.

Ruf. Nun, wie stehen wir denn zusammen, mein holdes Fräulein?

Sophie. Ganz gut, meyn' ich.

Ruf. Ich bin noch in Ihrer Schuld.

Sophie. Wofür? ach — daß ich Ihren Mops gezeichnet habe?

Ruf. So sprechend ähnlich!

Sophie. Das ist das Verdienst des Mops. Er hat mehr Charakter in seiner Physiognomie, als alle die jungen Herren der gestrigen Theegesellschaft.

Baroninn. Was für ein Vergleich? So ein rüdes Thier, mit —

Sophie. Wahrhaftig! in seinem Gesichte liegt eine Mischung von Munterkeit, Verschlagenheit, Treue und Gutmüthigkeit; ich fordere Sie auf, in unserm Zirkel eins aufzusuchen, wo man so etwas heraus buchstabieren könnte.

Ruf. Werden Sie nicht einmal sich selbst malen?

Sophie. Sobald ich etwas Interessantes an mir finde.

Ruf. Es gibt schon Leute, die das finden, machen Sie nur einmal Ihr Portrait.

Sophie. Ich wüßte nicht für wen?

Ruf. Für Ihren allergetreusten Verehrer und Anbeter. (Auf sich zeigend.)

Sophie. Es ist wahr, Sie beten mich ja an; ich hatte es schändlich vergessen.

Ruf. Wie kann man so etwas vergessen?

Sophie. Wenn man nicht erinnert wird; ich habe gar zu vieles zu denken.

Ruf. Wie soll ich Sie erinnern?

Sophie. Sie fragen noch? ein schöner Anbeter! Duelliren müssen Sie sich alle Wochen um meinetwillen; alle Tage ein neues Gedicht auf meine Schönheit machen, und alle Abend unter meinem Kammerfenster gehen und seufzen.

Ruf. Das könnte machen, daß ich Ihnen gefiele?

Sophie. Gewiß; dann käme die Reihe an mich, Sie anzubeten.

Ruf. Nun, Sie sollen sehen, was meine Zärtlichkeit vermag; ich will täglich zur Nachtzeit unter Ihrem Kammerfenster wandeln und die herzbrechendsten Stoßseufzer herauf schicken.

Sophie. Charmant! ich spiele Ihnen dann eine zärtliche Sonate auf dem Clavier.

Ruf. Spaß bey Seite; ich halte Sie beym Worte.

Sophie. Das versteht sich.

Ruf. Auf Ehre, ich promenire unter Ihrem

Schlafzimmer. Wenn Sie aber dann noch grau=
sam bleiben —

Baron. O hör' auf mit deinen Zärtlichkei=
ten; du machst eine curiose Figur damit. Gehen
wir zusammen auf die Aue, und machen uns
lustig über andere, die um nichts lächerlicher
sind als wir.

Ruf. Curiose Figur? das macht das Alter,
und das ist eben die Fatalität! (Er und Ruf gehen
ab.)

Vierter Auftritt.

Die Baroninn. Sophie.

Baroninn. Jetzt laß einmal ein Wort im
Vertrauen mit dir reden, liebe Sophie!

Sophie. Das hab' ich wohl recht gern.

Baroninn. Sag' mir doch, wie stehts mit
Juliens alberner Liebe?

Sophie. Die ist verschwunden, ehe sie ent=
stand.

Baroninn. Wie ist das?

Sophie. Das heißt: sie hat eigentlich nie
existirt.

Baroninn. Das überredest du mich nicht;
ich weiß, daß sie ihn sehr liebte.

Sophie. Graf Balken? in ihrem Leben nicht.

Baroninn. Wer spricht vom Grafen?

Sophie. Ich meyne, weil Sie das Wort
»albern« brauchten, müßte durchaus vom Grafen die Rede seyn.

Baroninn. Wie absurde! — Ich meyne
ihre Liebe zu Wendheim.

Sophie. Ah — die meynen Sie? — die wächst hoffentlich mit jedem Tage.

Baroninn. Ich werde sie wohl zu vertreiben wissen.

Sophie. Ja wenn das so ginge! Die Liebe, sagt man, und Sommersprossen, sind schwer zu vertreiben.

Baroninn. Es gibt Mittel sie fruchtlos zu machen.

Sophie. Aber doch nicht aus dem Grunde zu heilen. Ich habe immer gehört und gelesen, die Liebe würde durch die Schwierigkeiten eher genährt als vermindert, und so habe ich bonement in meinen Schauspielen und Romanen nachgeschrieben.

Baroninn. Also deine Helden liebten alle glücklich?

Sophie. Nein, gar nicht, das war ja immer der Jammer. Sie hatten harte Aeltern, eigensinnige Vormünder oder böse Tanten; die armen Dinger härmten sich fast zu Tode, aber sie liebten d o ch.

Baroninn. Höre Sophie: Du hast Verstand und Einfluß auf sie. Wenn du ein wenig Gefälligkeit für mich haben wolltest, so suchtest du ihr zu beweisen: daß ihre Liebe, zu einem Bettler, die unvernünftigste von der Welt ist.

Sophie. Dann wird sie m i r beweisen: daß die Liebe gar nicht vernünftig seyn will.

Baroninn. Wendheim wird sie schlechterdings nie erhalten; wozu nun diese thörichte Leidenschaft cultiviren?

Sophie. Man cultivirt sie auch gar nicht; sie

ist wie Unkraut, und pflanzt sich immer von selbst fort.

Baroninn. Man muß ihr alle Nahrung entziehen, so wird sie sich mindern.

Sophie. Da thun Sie recht; setzen Sie die Liebe auf ein Regime, vielleicht thut es gut.

Baroninn. Es gäbe eine Art sie unbemerkt auf einen andern Gegenstand zu leiten. Wie wärs, Sophie, wenn du zu Zeiten von des Grafen guten Eigenschaften dich mit ihr unterhieltest.

Sophie. Da wüßte ich doch auf der Gottes weiten Welt keine einzige zu nennen.

Baroninn. Fräulein! Sie sind ungezogen.

Sophie. Ey warum gerade das? wenn ich etwas bin, so bin ich zu blind oder zu einfältig. Wissen Sie was, gnädige Frau? Sie kennen vielleicht einige gute Eigenschaften des Grafen? haben Sie die Gnade mir solche zu nennen, und ich will sie Julien, alle nach der Reihe, von Wort zu Wort wiederholen.

Baroninn (im Zorne). Jetzt ist's genug. Nur das bedenken Sie ihr noch: sie mag nun meinem Wunsche nachgeben, oder dem meines Gemahls; darin sind wir beyde vollkommen einverstanden: daß Wendheim ihre Schwelle nicht mehr betreten soll.

Sophie (mit komischer Traurigkeit). Ja du lieber Gott! da ist's ja wohl aus! Wissen Sie was? mir fällt doch noch etwas ein wegen des Grafen. Ich will ein großes Tableau mahlen. Auf der einen Seite den Grafen mit einem großen Jagdhunde und einem Hirsch mit allerley Etagen auf dem Kopfe; auf der andern Seite

Julien, umgeben von einem ganzen Haufen allerliebster junger Herren. Das will ich in ihr Zimmer hängen; wenn das nicht hilft, dann ist Hopfen und Malz verloren. (Verbeugt sich mit Schalkheit und hüpft davon.)

Baroninn. Haben heut zu Tage die jungen Mädchen weder Attachement noch Respect. (Geht mit verbissenem Zorne auf der andern Seite ab.)

(Die Bühne verändert sich in eine Straße; auf der Seite ein Gasthof.)

Fünfter Auftritt.

Carl Ruf kommt von einer Seite dem Gasthofe gegenüber. Bald nachher Frey, — auf der entgegengesetzten, aus dem Gasthofe.

Carl (im Kommen). O ihr Narren, laßt sitzen. (Zu Frey) Das ist eine unausstehliche Gewohnheit, das Hutabziehen! So kleinstädtisch für eine so angesehene Stadt! Da geh' ich kaum fünf Minuten herum, und mehr als fünfzig Narren haben mich schon begrüßt und begafft.

Frey. Das Fremde in Ihrem Anzuge und Wesen; das macht die Leute neugierig.

Carl. So könnten sie doch die Hüte sitzen lassen. — Und — was für eine Menge Carrikaturen! ich muß mich zusammen nehmen, wenn ich hier mich auszeichnen will. — Hast du alle meine Sachen nach der Auberge bringen lassen?

Frey. Ja, gnädiger Herr.

Carl. Wer ist nach Salden geschickt?

Frey. Der Lohnbediente. Er würde gleich hier seyn. Er war schon im Begriffe in den Reisewagen zu steigen; wie er aber Ihren Nahmen hörte, machte er sich gleich auf den Weg.

Carl. Der ehrliche Kerl. Ach — wenn er verreiset, da hört und sieht er ja nichts von mir; ich muß ihm wohl den Schlüssel mitgeben.

Frey. Da kömmt Jemand. Ist er das?

Carl. Ja. Still! ob er mich wohl kennt?

Sechster Auftritt.

Vorige. Assessor von Salden.

Salden (kömmt von der andern Seite, will nach dem Gasthofe, bleibt stehen, sieht Carl einen Augen-blick an, will darauf in den Gasthof).

Carl. Halt! — Grüß dich Gott, alter Kerl!

Salden. Bist du's wirklich? (Umarmung.)

Carl. Mit Leib und Seele.

Salden. Herzlich willkommen! — (betrachtet ihn) ich hab' dich wahrlich nicht gekannt.

Carl. Warum?

Salden. Du bist so sonderbar gekleidet.

Carl. Sonderbar? bin ich das wirklich?

Salden. Wie kannst du zweifeln?

Carl. Warum nicht? es könnte ja hier noch größere Narren geben, als ich seyn will.

Salden. Was? Du willst — ein Narr seyn?

Bed. Die Schachmaschine.   2

Carl. Ein gräulicher Narr; ein Windbeutel von außen pro primo.

Salden. Wie kömmst du mir vor?

Carl. Der Sonderbarkeit wegen? Die meisten Menschen wollen gern vernünftiger scheinen, als sie sind; ich will aber närrischer scheinen, als ich bin.

Salden (auf Rufs Anzug zeigend). Das ist schon ein guter Anfang.

Carl. Meynst du? Du glaubst also im Ernst, daß einige Finger auf mich zeigen werden?

Salden. Ich garantire dir einige Tausend.

Carl. Bravissimo! sieh das ist gerade was ich will. Wenn so ein solider Tropf in seine Vaterstadt zurückkömmt, gerade so steif und ehrlich als er sie verließ, und die alten Basen und Vettern sich so herzlich freuen, ihre Lobsentenzen auskramen, ihn aus einer Kaffeevisite in die andere schleudern; oh — das muß unausstehlich seyn. Aber — wenn eine ganze Stadt spricht: »Ruf ist wieder hier, er sieht aus wie ein Narr, haben Sie ihn gesehen? — Nicht? O, den müssen Sie sehen — er ist zum Todtlachen abgeschmackt.« Sieh Schatz, das ist mein Leben!

Salden. Ey du sonderbarer Mensch! der so gern ausgelacht seyn will.

Carl. Dabey wird man bemerkt!

Salden. Nicht lange.

Carl. Dafür laß mich sorgen; ich lasse dann meine muthwillige Streiche vorrücken; somit bleibe ich immer in den Mäulern der Leute.

Salden. Aber immer im Bösen.

Carl. Das muß man ja, um bemerkt zu bleiben. Meynst du, daß von einem klugen Manne, von einer guten Handlung länger als einen Tag gesprochen wird? Höchstens, und da bekommen schon die Mehrsten Bauchgrimmen vor Aerger, daß sie ehrenhalber »Ey der tausend« rufen müssen. Aber — was verlebte Seelen liederliche Streiche nennen, mein Sohn! das ist Lebensbalsam für alle Plandertaschen; sie schwimmen in Seligkeit, wenn sie da so mit den Zungen tranchiren können nach Herzenslust.

Salden. Aber ich bitte dich! wie mag ein Mensch Vergnügen finden, Gegenstand der allgemeinen Lästerung zu seyn?

Carl. Moderne Ruhmbegierde! — nicht wahr, ein gutes vierfüßiges Windspiel ist ein nützliches Thier?

Salden. Ohne Zweifel.

Carl. Was hältst du von einem Windhunde mit zwey Füßen? Er fängt nicht einmal einen Hasen, der das Podagra hat, nützt folglich keinem Menschen; aber eine Menge Narren werden ihn besehen und von ihm sprechen. So gehts auch in der Welt: das Gute nimmt man hin, und schweigt davon; vom Schlechten wird immerwährend gesprochen.

Salden. Es liegt etwas Wahres darin.

Carl. Etwas? es ist lauter Wahrheit. Sieh! ehmals waren Tapferkeit, Großmuth, Wissenschaften und Patriotismus der Weg zum Ruhme. Heut zu Tage? Kein Mensch fragt mehr nach solchen Eigenschaften. Spiel, Rausch, Liebeshändel, Schlägereyen und — Schulden;

2 *

das, mein Kind, sind jetzt die Stufen, die zur Unsterblichkeit führen! — Mach die Narren anders als sie sind.

Salden. Ich will doch nicht hoffen, daß du schlecht —

Carl. Schlecht? nein, das will ich wahrhaftig nie seyn. Ich will auch wohl im Grunde mehr Gutes als Schlimmes thun; aber wohl zu merken! das Gute thu ich ganz im Stillen; das Schlimme soll schreyen, daß die ganze Stadt wiederhallt.

Salden. Du närrischer Mensch.

Carl. Willst du wetten, daß wir alle dabey erstaunlich profitiren?

Salden. Bey den guten Handlungen natürlich.

Carl. Auch bey den schlimmen, das heißt, bey dem Bestreben, Aufsehen zu erregen, und das Gegentheil zu thun, was honette philistermäßig organisirte Leute thäten.

Salden. Schwerlich!

Carl. Ich beweis dir's. — Sieh, ein honetter Mann trinkt seine Bouteille aus, und stellt sie ruhig auf den Tisch; ich — werde bey der dritten lustig, schlage nicht nur die Bouteillen, sondern auch die Fenster in Stücken; dadurch gewinnt der Wirth, die Glaser und Glashändler. Weiter: ein honetter Mann lebt ordentlich, schont seine Kleider, bezahlt seine Schulden, und gibt keinem Armen einen Heller. Ich — zerzause meine Kleider, borge von reichen Philistern, bezahle keinen Heller, laß mich verklagen, und — schenke manchem armen

Teufel im Stillen; dadurch gewinnt der Staat an Circulation, ich an Aufsehen, und so gewinnen wir Alle.

Salden. Du hast eine nagelneue Logik; wirst aber hoffentlich wenig Nachahmer finden.

Carl. Das ist mir recht; so bleibe ich ausgezeichnet vor Allen.

Salden. Einen Einzigen weiß ich, den dies alles sehr glücklich machen wird.

Carl. Meinen Onkel?

Salden. Wen anders?

Carl. Und das soll gerade der Einzige seyn, vor dem ich solid und sogar moralisch scheinen will.

Salden. Ist's möglich?

Carl (lachend). Ganz gewiß, ich will ihn mit Ehrbarkeit und Philosophie ärgern, daß er rasend werden möchte. Während die ganze Stadt über meine tolle Streiche loszieht, soll er allein über meine Ehrbarkeit fluchen. Und damit er nichts merkt, zieh' ich gar nicht zu ihm in's Haus; hier bin ich abgestiegen, und hier bleibe ich, und wenn er sich auf den Kopf stellt.

Salden. Bist du denn reich genug, um ohne ihn leben zu können?

Carl. Bewahre; ich habe noch 27 Ducaten, das ist mein ganzer Reichthum.

Salden. Und willst dich mit dem Onkel überwerfen?

Carl. Nicht auf ewig, Schatz; einstweilen exercir' ich mein Talent im Schuldenmachen; die Ueberraschung wird hernach desto angenehmer, wenn er den philosophischen Perückenstock auf einmal in den brillantesten Windbeutel verwandelt sieht.

Salden. Und wie steht's mit deiner Heirath?

Carl. Mit was für einer?

Salden. Sonderbare Frage! Die, um welche du hieher gereist bist.

Carl. Aus der wird nichts.

Salden. Weshalb?

Carl. Sie gefällt mir nicht.

Salden. Wer?

Carl. Die Heirath.

Salden. Hast du denn die Braut schon gesehen?

Carl. Nein.

Salden. Wie kann sie dir denn mißfallen.

Carl. Das thut sie auch nicht.

Salden. Nun, was mißfällt dir denn?

Carl. Daß die Leute wissen, daß der Onkel es gesagt hat; daß es die Braut weiß; daß du es weißt; mit einem Worte, nun wird nichts daraus.

Salden. Sieh sie erst.

Carl. Und wenn es ein Engel ist. Ich thu's nicht und thu's nicht.

Salden. Du erznärrischer Kerl! Adieu! ich muß fort.

Carl. Wohin?

Salden. Auf Commission.

Carl. Auf wie lange?

Salden. Auf drey Tage.

Carl. Adieu! — Du siehst, daß ich bey aller Leichtheit, meiner Freunde nicht vergesse. Wahrhaftig, es war mir Bedürfniß dich zu sehen. Nun fahre wohl.

Salden. Topp! Ich verleugne dich nicht!

(Geht.)

Carl (ruft ihm nach). Du sollst von mir hören.

Siebenter Auftritt.

Carl Ruf-Frey. Hernach Wendheim.

Frey (kömmt von hinten vor). Gnädiger Herr, wo mir recht ist, kömmt dort der Herr, der uns in Amsterdam von den Werbern los machte.

Carl (freudig). Ist's wahr? — Wo?

Frey. Er kömmt dort die lange Straße her.

Carl. Den muß ich sprechen. Bst! mein Herr! ein Wort.

Wendh. Was befehlen Sie?

Carl. Ich bin Ihr großer Schuldner.

Wendh. Das ich nicht wüßte.

Carl. Sie können mir's glauben, weil ich's selbst sage; das thun wenig Schuldner.

Wendh. Aber ich kann mich gar nicht besinnen.

Carl. Ohne Sie wär' ich jetzt in Batavia, gemeiner Soldat.

Wendh. Ah! — sind Sie vielleicht der junge Mann —

Carl. Den Sie zu Amsterdam den Werbern aus den Klauen rissen. Es war hübsch von Ihnen, denn Sie kannten mich nicht. Wo sind Sie so schnell hingekommen? Ich habe Sie in allen Winkeln aufsuchen lassen, um Ihnen —

meine Dankbarkeit zu beweisen. Sie drückt mich; machen Sie, daß ich sie los werde.

W e n d h. Diese warme und wahre Erkenntlichkeit überrascht mich in dem Grade ihrer Seltenheit.

C a r l. Ja, selten ist sie, darum übe ich sie; wäre die ganze Welt dankbar, dann hätte ich Ihnen den andern Tag eine Karte geschickt; so aber bitte ich — nehmen Sie mich zum Freunde an, und machen Sie recht bald, daß ich's Ihnen beweisen kann.

W e n d h. Ich achte mich durch Ihre Freundschaft hinlänglich belohnt für diesen kleinen Dienst.

C a r l. Den Teufel war's ein k l e i n e r Dienst. Die Kerls verstanden keinen Spaß. Sie hätten mich auf's erste beste ostindische Schiff geschleppt; dort tunkte ich s c h w a r z e n Zwieback in faules Wasser, jetzt tunke ich w e i ß e n Zwieback in Tokaner, der behagt mir besser! — nun — Allons! was kann ich für Sie thun?

W e n d h. Ich wüßte wirklich nichts —

C a r l. Es ist nicht wahr, Sie wissen gewiß etwas: in unserm Alter fehlt uns immer etwas, oder wir haben etwas zu viel, und beydes genirt. Ihnen f e h l t etwas — ich seh's Ihnen an? — Sie schweigen? ich habs errathen. Ein Mädchen vielleicht?

W e n d h. (antwortet durch einen Seufzer).

C a r l. Aha! das war ein Liebes = Seufzer. Also ein Mädchen. (Mit dargebotener Hand) Ich schaff' sie Ihnen!

W e n d h. Wie?

Carl. Ich schaff' sie Ihnen! Haben Sie keine Sorge; auf solche Sachen bin ich wie dressirt.

Wendh. (lachend). Sie scheinen so gewiß, und es ist schwerer als Sie glauben.

Carl. Ah bah! schwer? — Ein Mädchen und schwer! das weiß ich besser, es ist so gut als hätten Sie es schon.

Wendh. Es ist eine Geliebte.

Carl. Das ist gut.

Wendh. Und — von Stande!

Carl. Was schadt das? Ist sie Ihnen gut?

Wendh. Sie liebt mich wahr und innig.

Carl. Nun, was wünschen Sie denn mehr?

Wendh. Sie zu besitzen.

Carl. Das versteht sich.

Wendh. (mit Nachdruck und Ernst). Sie zu heirathen.

Carl. Das ist ehrlich. Hat denn das wirklich große Schwierigkeiten?

Wendh. Beynahe unüberwindliche.

Carl (jauchzend). Kostbar, kostbar! je mehr Schwierigkeiten, je mehr Ehre, je mehr Aufsehen! Worin bestehen sie?

Wendh. Ein mürrischer Onkel und eine kokette Tante bewahren sie.

Carl. Der sollten Sie die Cour machen.

Wendh. Wie wäre mir das möglich?

Carl. Nun denn — stehlen! — ist noch besser! Also nicht einmal Väter und Mutter? und Sie reden von Schwierigkeiten? Schämen Sie sich in Ihr Herz hinein!

Wendh. Sie wissen ja nicht, wie scharf sie bewacht wird; im Hintergebäude, im zweyten

Stock ist sie versperrt; nicht einmal einen Brief kann ich bis zu ihr bringen.

Carl. Das wär' der Teufel! — Sie sollen sie sprechen — heute noch — ich geb' Ihnen mein Wort.

Wendh. Wie wollen Sie das möglich machen?

Carl. Das weiß ich noch selbst nicht; aber was seyn muß, muß seyn; ich hab' Ihnen nun einmal mein Wort gegeben, und nun muß ich auch wohl für die Ausführung sorgen. — Wie heißt sie?

Wendh. Julie von Wangen.

Carl. Alle Teufel! meine Braut?

Wendh. Was sagen Sie?

Carl. Meiner Seel'! es ist meine Braut; ich bin sogar verschrieben, um sie zu heirathen.

Wendh. Sie sind also —

Carl. Carl Ruf — bekannt in der ganzen Stadt als ein heilloses Knäblein; Sie müssen auch von mir gehört haben. Und Ihr Nahme?

Wendh. Eduard Wendheim.

Carl. Schon recht. Also Carl von Ruf cedirt hiemit unaufgefordert aus freyem Willen, an Eduard von Wendheim, seinen Freund, Julie von Wangen, seine rechtmäßige Braut, mit allen Renten und Gefällen ꝛc. ꝛc.

Wendh. O Sie wissen nicht, was Sie versprechen. Sie können nicht mehr Wort halten, so bald Sie sehen. Sie ist so klug und reizend als schön.

Carl. Das freut mich! Eine Braut abtreten will nicht viel sagen, besonders wenn die Väter

und Onkels aussuchen; aber eine schöne, reiche,
reizende und kluge Braut —? Element, das ist
viel! Das thut nicht ein jeder; und gerade darum thu' ich's.

Wendh. Diese Mischung von Laune und Edel-
muth —

Carl. Nennen Sie's lieber Narrheit, es klingt
natürlicher; es ist auch in der That Narrheit,
nur von einer etwas honnettern Art, als die gewöhnliche. Also heute noch sprechen Sie Ihre
Geliebte, meine gewesene Braut.

Wendh. Vergessen Sie nur nicht: hinten
heraus im zweyten Stocke! wie wird es möglich werden?

Carl. Ey zum Henker! es muß, sag' ich
Ihnen; und wenn sie im Knopfe vom Straß-
burger Münster eingesperrt wäre, so müßten
Sie sie sprechen, wenn ich's versprach. NB. Ich
begleite Sie und mache Ihre salva guardia.

Wendh. Edelmüthiger Freund! — wenn nur
nicht Unannehmlichkeiten —

Carl. Ey die hoff' ich.

Wendh. Wie?

Carl. Sonst lohnt sich's nicht der Mühe.

Wendh. Die Bedienten haben Befehl, jeden, der sich blicken läßt, mit Gewalt wegzu-
treiben; wenn nun einige solche Kerls —

Carl. Mit Prügeln über mich herstelen?
Das geb' der liebe Gott! dann erfährt morgen
die ganze Stadt: »Ruf ist gleich am ersten Tage
seiner Ankunft geprügelt worden;« so etwas
macht teufelmäßiges Aufsehen!

Wendh. Sie scherzen.

Carl. Ich will verdammt seyn, wenn es nicht mein Ernst ist! Nun zu den Anstalten. Finden Sie sich heut Abend um acht Uhr hier ein; da trinken wir Brüderschaft in Champagner, dann steigen wir zur Geliebten; ich, mein Frey und mein Prügel, machen Ihre Escorte; und da müßte es mit dem leidigen Satan zugehen, wenn wir nicht den Alten und sein ganzes Heer in die Flucht schlügen.

Wendh. Sie machen mich zu Ihrem ewigen Schuldner!

Carl. Das ist ja Alles nicht wahr. Au contraire, ich bin Ihr Schuldner. Das ist nun die zweyte Sclaverey, aus der Sie mich erlösen. Die Ostindienfahrt und der Ehestand; und es ist noch die größte Frage, welche von beyden die ärgste wäre.

(Er und Frey ins Wirthshaus.)

Wendh. (von der andern Seite ab).

(Juliens Zimmer.)

Achter Auftritt.

Julie. Sophie.

Julie (im Eintreten). Bleibe bey mir, liebe Sophie!

Sophie. Ja, aber du mußt nicht so trauern.

Julie. Kann ich wohl anders?

Sophie. Ach ja; du mußt hoffen.

Julie. Worauf?

Sophie. Auf Glück.

Julie. Mit welcher Wahrscheinlichkeit?

Sophie. Das gilt gleich. Wenn man hofft, so hofft man; und bekümmert sich nicht um das Wie.

Julie. Ach, du hast noch nie geliebt.

Sophie. Nein; wenn ich aber einmal liebe, so will ich auch beständig hoffen; das habe ich mir fest vorgenommen.

Julie. Man muß sich aber doch eine Möglichkeit denken können.

Sophie. Nein! man muß sich gar nichts denken. Wenn ich etwas wünschte und dachte: — so kann's eintreffen! — so geschah's gerade nicht; dann kam ein Zufall, und mein Wunsch ward erfüllt.

Julie. Du kennst aber die Hartnäckigkeit meines Onkels, meine Abhängigkeit von ihm, und die listige Gewandtheit meiner Tante?

Sophie. Kenne Alles, — und auch die gänzliche Disharmonie zwischen Beyden.

Julie. Doch Beyde darin einverstanden, daß ich Wendheim nicht mehr sehen, geschweige iemals besitzen soll.

Sophie. Das ist freylich etwas. — Aber — bis der eine Liebhaber hier ankömmt, zanken sich Onkel und Tante um den andern; vielleicht führt unterdessen der Zufall etwas Günstiges herbey.

Julie. Du glaubst nicht, welche Stürme ich täglich auszuhalten habe; sie quält mich mit diesem verhaßten Grafen —

Sophie. Mich hat sie auch einspinnen wollen in ihr Gewebe; ich sollte dir zureden; — ich — die — zureden! — aber ich meyne, sie probiert's nicht wieder.

Julie. Wie mag sie sich nur für diesen Menschen so interessiren?

Sophie. Aus Hochmuth und Eigensinn. Aber hör' einmal, Julchen! wie wär's, wenn der Onkel besser gewählt hätte?

Julie. Das wäre mir sehr gleichgültig.

Sophie. Sey still, sey still! man kann nicht wissen. Der junge Ruf soll ein recht angenehmer Wildfang seyn.

Julie. Du weißt, daß ich liebe! und — wie ich liebe je mehr Ansprüche der junge Ruf zu machen hätte; um so ängstlicher würde meine Lage.

Sophie. Nun, so wollen wir denn beten, daß er noch recht lange ausbleiben möge.

Neunter Auftritt.

Bedienter. Vorige.

Bed. Der Bräutigam aus der Fremde will die Ehre haben aufzuwarten.

Julie. Wer?

Bed. Weiter weiß ich nichts. Wegen dem Verbot, wollten wir ihn nicht einlassen; er bestand aber darauf, er wäre der Bräutigam aus der Fremde, und müßte Sie sprechen.

Julie. Sophie!

Sophie. Das ist der junge Ruf. (Zum Bedienten) Wie sieht er aus?

Bed. Närrisch genug; halb geputzt und halb reisemäßig.

Sophie. Richtig, er ist's.

Bed. Was soll ich ihm sagen?

Sophie. Er würde uns sehr angenehm seyn.

(Bedienter ab.)

Zehnter Auftritt.

Sophie. Julie. Hernach Carl Ruf in einem Mantel.

Julie. Sophie, um's Himmelswillen!

Sophie. Was willst du?

Julie. Ihn sprechen? jetzt?

Sophie. Ach ja; ich bin gar zu neugierig ihn kennen zu lernen!

Carl. Ihr Unterthänigster, meine Gnädigen!

Julie. Ich freue mich die Ehre —

Sophie (schnell einfallend). Und das Vergnügen zu haben, den Herrn Baron von Ruf —

Carl. Sie haben mich nicht erwartet?

Sophie. Wir haben schon längst Ihrer Ankunft —

Carl. Mit Schmerzen entgegen gesehen.

Julie. Ich bitte —

Carl. Verstellen Sie sich nicht, ich merk's doch.

Julie. Sie irren —

Carl. Gar nicht, man sieht's deutlich.

Sophie. Ey wie scharfsichtig!

Carl (zu Sophien). Sie haben schon mehr

Contenance; und daraus schließe ich, daß die=
ses meine bestimmte Braut ist. — Sehen Sie;
— die Freude blißt ihr aus den Augen, und
die Zunge versagt den Dienst. Das freut mich!
denn daraus sehe ich, daß ich Ihnen ganz au=
ßerordentlich gefalle.

Sophie. Wär's nicht möglich, daß Sie sich
irrten?

Carl. Gar nicht möglich. Ich bin ein Ken=
ner. Stoßen Sie sich nicht an meinen Anzug;
ich konnte mir das Vergnügen nicht versagen,
meine schöne Braut kennen zu lernen.

Julie. Sie sind sehr gütig.

Carl. Ja! meynen Sie? Nun, diesmal war's
nur façon de parler; aber ich wette, ehe fünf
Minuten vergehen, sagen Sie's im Ernste, daß
ich sehr gütig bin.

Julie. Wollen Sie sich nicht sehen?

Carl. O ich danke, ich bin kein Liebhaber
vom Sitzen. Kurz zu sagen: ich bin hierher be=
rufen, um die Ehre, das Vergnügen und die
Glückseligkeit zu haben — Sie zu heirathen.

Julie (verbeugt sich mit Verlegenheit).

Carl. Kommen Sie nur nicht außer sich vor
Entzücken! — Da wünschte ich doch jedem
Bräutigam, der Extrapost zu seiner schönen
Braut reiset, einen so inbrünstig willkommenen
Empfang.

Sophie. Mißdeuten Sie nicht die Verle=
genheit des Frauenzimmers bey einer so höchst
originellen Anrede.

Carl. Ich mißdeute gar nichts, und weil
eine Zärtlichkeit die andre werth ist, so bringe

37

ich meiner Schuldigkeit gemäß, mein erstes Hochzeitgeschenk. (Zieht eine Strickleiter unter dem Mantel hervor.)

Julie (ganz verblüfft). Was ist das?

Sophie. So wahr ich lebe, eine Strickleiter!

Carl. Das ist das kostbarste Geschenk unter allen, die man Ihnen jetzt machen könnte; und zugleich das seltenste — was ein Bräutigam seiner bestimmten Braut selbst ins Zimmer tragen mag.

Julie. Was soll ich damit?

Carl. Damit? Das ist eine kostbare Leiter! Die hängt man ins Fenster — wenn die Treppen verboten sind; — darauf steigt sich's ganz allerliebst heraus und herein nach Belieben. Sie ist fest und gut, ich hab' sie oft genug probirt.

Sophie (klatscht in die Hände). Ha, ich errathe!

Julie. Erklären Sie sich deutlicher, wenn ich bitten darf.

Carl. Ey du mein Himmel! — Nun — wenn ich dann muß? Sehen Sie: es gibt einen gewissen kreuzbraven Kerl, genannt Eduard von Wendheim, der Sie um sein Leben gern eine halbe Stunde allein spräche. Weil aber Riesen, Zwerge und Drachen dies verwünschte Schloß umlagern, so habe ich hier das einzige Mittel gewählt, ihn unbemerkt durch die Lüfte zu Ihnen zu erheben.

Julie. Herr von Ruf — ich verbitte —

Carl. Was? Verbitte?

Beck. Die Schachmaschine.   3

Julie. Fühlen Sie nicht das Unschickliche?

Carl. Gar nicht. Ihrer sind zwey Frauenzimmer; nehmen Sie noch zwey Mädchen dazu — Was ist dann noch unschicklich?

Julie. Ich erkenne Ihre Verbindlichkeit! aber ich darf sie nicht —

Carl. Nicht? Das wär' ein schöner Spaß! Wissen Sie wohl, daß ich mein Wort gegeben habe, und nun muß er herauf! — Wenn Sie die Strickleiter nicht benutzen, zünd' ichs Haus an, und helf ihm auf einer Feuerleiter herauf.

Sophie. Gott behüt' uns vor Mord und Brand! Ihre erste Methode ist besser, und so ziemlich originell.

Carl. Sie sind eine Liebhaberinn von Originalen? freut mich! Wen habe ich die Ehre —?

Julie. Meine Freundinn, Sophie von Hastfeld —

Carl. Die kleine Sophie? — mit dem Stumpfnäschen? die immer mit uns Soldaten spielte?

Sophie. Richtig; ich hatte die Ehre unter Ihrer Fahne zu dienen.

Carl. Sie haben sich recht hübsch ausgebildet.

Julie. Von innen und außen. Sie finden in ihr eine angenehme Virtuosinn, treffliche Mahlerinn.

Sophie. Und ausgepfiffene Schriftstellerinn.

Carl. Im Ernste?

Sophie. O im allerbittersten Ernst! eine von Recensenten ganz erbärmlich herunter gezogene Romanschreiberinn.

Carl. Also ein öffentlicher Charakter? Bravissimo! wir passen zusammen. Sehen Sie, die Art wie sich gewöhnliche Frauenzimmer bemerkbar zu machen suchen, als: in Concerte und Schauspiele mit viel Geräusch eintreten, wenn schon ein Dritttheil vorbey ist, laut schwatzen und dergleichen, das ist nichts, dabey ist selten Profit; denn, aus Unmuth wegen der Störung, ruft der größte Theil: »Ach »Gott! die hätte früher kommen oder weg-»bleiben können.« Aber — etwas schreiben, — componiren, — und sich tadeln lassen; — das ist der Mühe werth! Wenn's auch Dummköpfe tadeln, so wird man doch genannt; das Lob wiederholt kein Mensch am dritten Orte.

Sophie (lacht).

Carl. Um aber wieder auf die Hauptsache zu kommen. Diese Strickleiter hängen Sie heute Abend neun Uhr in Ihr Fenster. Ich bringe meinen Freund in den Garten, — er steigt herauf, — und ich steh' Schildwache. Was sagen Sie jetzt?

Julie. In der That, die Güte und — Art —

Carl. Nicht wahr, jetzt ist's Ihr Ernst, daß ich sehr gütig bin; — man merkt's gleich am Tone — wenn er von Herzen kömmt. Studieren Sie weiter auf gar keine Höflichkeiten; sie sind bey mir nicht angewandt.

Sophie. So kurz als möglich. Ihr Geschenk, Herr von Ruf, ist uns angenehm, und wir werden Gebrauch machen.

Carl. Für diesmal ist die Reihe an Ihrer

3 *

Freundinn; ein andermal steht sie Ihnen auch zu Befehl.

Sophie (lachend). O ich danke.

Carl. O — werfen Sie's nicht zu weit weg; — wer weiß? — wie wär's, wenn ich der erste? — heute zwar nicht, heute steh' ich Schildwache; aber ein andermal??

Sophie (mit Laune). Kommen Sie lieber auf geraden Wegen.

Carl. Die geh' ich mein Lebtage nicht. So krumm als möglich! Was zu klettern, Zwist, Spectakel! — sonst verliert's für mich den Reiz.

Julie. Waren Sie schon bey meinem Onkel?

Carl. Warum nicht gar — ich fange allezeit mit dem Angenehmen an.

Julie. Er muß nicht wissen, daß Sie da sind, sonst wär' er schon hier.

Carl. Blitz! da muß ich laufen, was ich kann.

Sophie. Warum eilen Sie so?

Carl. Er darf mich noch nicht sehen.

Julie. Warum nicht?

Carl. Ey, wenn er mich nun nach unserer Heirath fragt, soll ich sagen: »Da wird nichts »daraus?« Das wäre zu unhöflich! und — »Ja« kann ich doch bey (auf die Strickleiter zeigend) so bewandten Umständen auch nicht sagen. Am besten, ich mach' mich aus dem Staube. (Will ab.)

Sophie. Ein wenig könnten Sie wohl noch verziehen.

Carl. Ich blieb' gern noch ein Stündchen bey Ihnen, aber ich habe noch sehr wichtige Geschäfte! Jetzt muß ich mich in einen Philosophen verwandeln.

Sophie. Philosophen? wem zu Ehren wollen Sie Ihrem Humor diese Qual zufügen?

Carl. Meinem Onkel.

Sophie. Warum nicht gar? ich wette, daß Sie gerade dem — so — eine Millionmal lieber sind.

Carl. Ich wette auch! Aber just darum will ich mich verwandeln.

Sophie. Ey schön! (Sieht ihm mit Drolligkeit in die Augen) Sagen Sie mir doch — was sind Sie denn eigentlich?

Carl. Ein wandelndes Rondo — mit prächtigen Variationen — abwechselnd nach jedem Instrumente, welches ich spiele; aber immer ein recht grundehrliches Thema.

(Mit kurzer Verbeugung ab.)

(Die andern folgen.)

Zweyter Aufzug.

(Zimmer im Gasthofe.)

Erster Auftritt.

Carl Ruf in einem langen seidenen Schlafrocke.
Frey.

Carl. Also will mein Onkel hierher kommen?

Frey. Gleich.

Carl. Was sagte er?

Frey. »Was ficht denn den Narren an, daß er nicht gleich zu mir kommt?« — »Ich weiß es nicht,« sagte ich: »er ist eben noch nicht frisirt.« — »Als ob ich gewohnt wär', auf das Kleid zu sehen? es ist gewiß wieder einer von seinen Streichen. Gelt, er ist ein rechter Windbeutel?«

Carl. Er wird sich gräulich betrügen.

Frey. »Es geht noch an,« sagte ich. »Nun, es ist gut,« sagte er, »ich will den Augenblick bey ihm seyn, wenn's der Narr denn doch nicht anders haben will.«

Carl. Höre einmal, du richtest verflucht pünctlich aus.

Frey. Sie wollen's ja so, gnädiger Herr!

Carl. Betrachte mich einmal recht, wie gefall' ich dir?

Frey. Nicht so gut, wie sonst; die leichtfertige Kleidung steht Ihnen besser.

Carl. So ist's recht, zu meiner Absicht; curios komm' ich mir vor in dem Schlafrocke; so extraordinär ehrwürdig! Ich muß aussehen, wie der selige Arend, da ihn der Teufel im wahren Christenthume confus machte.

Zweyter Auftritt.

Der alte Ruf. Vorige.

Ruf. Bist du endlich da, Carl? Nun, so komme her und laß dich küssen.

Carl (will ihm die Hand küssen).

Ruf. Willst du fort mit der Hand! So! (Küßt ihn mit Feuer und Herzlichkeit.)

Carl. Ich freue mich recht sehr, daß ich die Ehre habe, den Herrn Onkel —

Ruf. O bleib mir mit der Ehre weg! Ich hoffe, daß vom Vergnügen die Rede ist? Hast dich doch auch ein Bischen auf deinen Onkel gefreut, das weiß ich.

Carl. Es ist ja meine Pflicht, den Bruder meines selig verstorbenen Vaters —

Ruf. O geh, geh! Du sprichst ja wie eine alte Frau Base! Wie kömmt dein Vater hierher? Todt ist todt! — aber sag: was sind denn das für Albernheiten mit dem Gasthofe? warum stiegst du nicht gleich bey mir ab?

Carl. Ich mochte Sie nicht geniren.

Ruf. Geniren! seit wann genirst du mich?
Ich weiß nicht, wie du mir vorkömmst? Was
hast du denn da für einen fatalen Umschweif?
(Auf den Schlafrock zeigend.)

Carl. Wenn ich studire, bin ich gern be=
quem.

Ruf (lachend). Studiren? ja, ja! Du magst
was schönes studirt haben?

Carl (nimmt ein Buch). »Ueber den objectiven
und subjectiven Werth des Menschen.« —

Ruf. Was sollen die Schulfüchsereyen, von
Adjectivum und Substantivum? Das habe ich
seit dreyßig Jahren vergessen.

Carl. Es ist die philosophische Auseinander-
setzung von wahrer und falscher Größe —

Ruf. Bleib mir mit dem Zeuge vom Leibe!
mach' du lieber Possen, das steht dir besser.

Carl. Theuerster Herr Onkel, ich bin so
ziemlich ein anderer Mensch geworden.

Ruf. Wie das?

Carl. Ich habe meinen Charakter von vie=
len Unbilden gereinigt. Statt der ehemaligen
jugendlichen Unbesonnenheiten, sind jetzt Logik
und Philosophie mein einziges Studium.

Ruf. O bleib mir damit vom Halse! — Das
ist ein schöner Tausch! Ich habe mich so sehr
auf meinen fröhlichen wilden Carl gefreut; und
finde einen trockenen Pedanten.

Carl. Sie scherzen. Es ist Ihnen gewiß lieber, einen soliden Mann in mir zu erkennen —

Ruf. Nein; einen jungen Kerl habe ich er=
wartet, und keinen Säulenheiligen. Was willst
du schon mit der Solidität? Freu' dich erst noch

eine Weile deiner Jugend! — Mach' närrische Streiche, so lange du kannst, nur keine schlechten: — zum Kopfhängen hast du noch lange Zeit.

Carl. Wer verbürgt mir diese Zeit? Mein theuerster Onkel! wüßten Sie, wie sehr ich meine vormaligen Verirrungen bereue! wie mein ganzes Dichten und Trachten ist, jedermann — selbst mit Aufopferung aller Kräfte —

Ruf. Kerl, du sprichst wie eine moralische Erzählung in einem alten Kalender. Gelt — es ist dein Ernst nicht?

Carl. Wie können Sie zweifeln?

Ruf. Desto schlimmer für mich und dich! denn so taugen wir nicht zusammen. Sag' mir nur, seit wann sind dir denn diese fatalen philosophischen Ratten in den Kopf gefahren?

Carl. Leider erst seit kurzer Zeit; nach einer augenscheinlichen Lebensgefahr.

Ruf. Hm!

Carl (fortfahrend). Da erwachte ich vom Taumel der Leidenschaften. Das, was mich einst entzückte, ekelt mich jetzt an; statt der leichtfertigen Uebungen des Leibes, sind jetzt Bücher philosophischen Inhalts meine einzige Beschäftigung.

Ruf. Das ist ja um aus der Haut zu fahren! Ein Bursche mit so herrlichen Eigenschaften! der beste Reiter, Tänzer, Fechter —

Carl. O nennen Sie diese Dinge nicht! ich bitte Sie.

Ruf. Bist du rasend? warum nicht?

Carl. Weil es strafbare, schädliche Handlungen sind.

Ruf. Reiten? Tanz — —

Carl. Strafbar. Das Pferd ist Gottes Geschöpf, wie wir.

Ruf (im Zorne). Der Esel auch?

Carl. Auch! Das Reiten — Pferd oder Esel, ist Mißbrauch der Creatur.

Ruf. O du alberner Tropf!

Carl. Das Tanzen ist noch weit sündlicher! Der Tanz erhitzt das Blut und die Leidenschaften; er gibt sinnlichen Reiz, und Gelegenheit zu den schändlichsten Verirrungen.

Ruf (in großem Zorne). Mensch, bist du ein Carthäuser geworden?

Carl. Und gar das Fechten! welche entsetzliche Kunst! Ein guter Fechter verläßt sich auf seine Geschicklichkeit; er vermeidet nicht Händel, — er sucht sie wohl gar; tödten oder verstümmeln, ist beydes entsetzlich!

Ruf (wie oben). Wenn dich nun einer ins Gesicht schlägt?

Carl. Dem halte ich den andern Backen auch hin. Die alten Stoiker lehren uns den Schmerz gänzlich verachten.

Ruf (wie oben). Aber den Schimpf?

Carl. Dann gibt's ja auch noch Gerechtigkeit bey den Richterstühlen.

Ruf (steigend). O du feige, niedrige Seele! Carl, Carl! was ist aus dir geworden?

Carl. Ein Philosoph, ein Denker! Ich habe mich bemüht, den Körper gänzlich zu verachten, und bloß auf die Cultur einer unsterblichen Seele mein Augenmerk zu richten.

Ruf. Unsterblicher — Perückenstock! (Anfangs mit verbissener, hernach ausbrechender Wuth) Schön! löblich! das muß man sagen! Da würde mancher alte Onkel seine Herzensfreude daran haben; aber ich wollte doch lieber, daß dich der Teufel vollends geholt hätte in jener Lebensgefahr, als daß ich dich jetzt so erblicken muß! Friß Heuschrecken, trink Wasser aus der hohlen Hand; ein Stück Sackleinwand und Eubachs Gebetbuch will ich dir im Testament aussetzen; aber mein Angesicht siehst du nun nie wieder. — (Im Abgehen) Du verdammter — Erz — Simpel.
(Ab.)

Dritter Auftritt.

Carl Ruf. Frey.

Carl. Er hat sich wahrhaft geärgert.

Frey. Warum thun Sie's nur?

Carl. Narr, die Freude wird hernach desto größer.

Frey. Wenn er aber böse bleibt?

Carl. Ach — das weiß ich besser.

Frey. Ich habe Maul und Nase aufgesperrt über Ihre schöne Moral.

Carl. Gelt, es stand mir gut an?

Frey. Schön! Ich hätte Sie fast selbst für einen Heiligen gehalten; wenn ich nicht das Gegentheil zu gewiß wüßte.

Carl. Er weiß es eigentlich auch. Mich wundert nur, daß er mir so leicht geglaubt hat.

Frey. Das sind Künste! — Ihre Geschichte mit der Lebensgefahr; und — Sie waren ja so fromm. Ich habe ordentlich die Hände zusammen gelegt, vor lauter Andacht.

Carl. Jetzt gib mir meinen Frack her, daß ich den verwünschten philosophischen Unrath vom Leibe kriege. Die Sentenzen müssen alle darin gesteckt haben; sonst wüßt ich nicht, wie ich dazu gekommen wäre. (Hat sich indessen angezogen) So, leicht und luftig, wie der Muthwille. Die Terzerole nicht zu vergessen.

Frey (holt sie und gibt sie ihm). Sie sind aber nicht geladen.

Carl. Gott behüthe mich auch für Mord und Todschlag; es ist nur um den Schreck, wenn ihrer zu viel über uns her wollten; man kann nicht wissen, wie unsere Expedition abläuft. — Apropos, ich habe auch schon ein Mädchen gefunden.

Frey. Das haben Sie schon oft in Ihrem Leben.

Carl. Nein — ordentlich — und prächtig! witzig und klug, artig, hübsch, und — ein öffentlicher Charakter, eine Person von Renommee! — von der die Stadt spricht! ein wahres Gegenstück zu mir.

Frey. Wo haben Sie denn so geschwind den Schatz gefunden?

Carl. Bey meiner Braut. Gottes Lohn! wie ich die eine abtrete, führt mir der Zufall die andere in die Hände! Das macht mein verfluchtes

Glück, das ich überall habe. Ich darf nicht ein=
mal was Gutes thun, ohne gleich auf der
Stelle belohnt zu werden. Jetzt an die Arbeit.
(Singt ein munteres Lied, und geht mit Frey ab.)

(Zimmer der Baroninn.)

Vierter Auftritt.

Die Baroninn. Graf Balken.

Baroninn. Hurtig, Herr Graf, ehe wir
gestört werden.

Graf. Me voilà.

Baroninn. Ich habe Ihnen allerley wich=
tiges mitzutheilen.

Graf. Lassen Sie hören.

Baroninn. Ihr neuer Nebenbuhler ist ge=
kommen.

Graf. Wann?

Baroninn. Heute.

Graf. Wie?

Baroninn. Gleichviel, mit Extrapost ver=
muthlich.

Graf. Extrapost? bon!

Baroninn. Er war auch schon hier.

Graf. Wann?

Baroninn. Gleich nach seiner Ankunft.

Graf. Wo?

Baroninn. Bey Julie.

Graf. So?

Baroninn. Aber er scheint wenig Eindruck
gemacht zu haben.

Graf. Bon! bon!

Baroninn. Doch ist damit noch nicht alles gewonnen.

Graf. Nicht?

Baroninn. Der Alte ist dennoch für ihn; und das Mädchen für Ihren Bruder.

Graf. Da wären sie also beyde nicht für mich?

Baroninn. Noch zur Zeit nicht. Aber das muß sich geben, mit Hülfe der Klugheit.

Graf. O, daran solls nicht fehlen.

Baroninn. Haben Sie schon einen Plan?

Graf. Das versteht sich.

Baroninn. Lassen Sie hören.

Graf. Ich habe den Plan, sie ganz und gar, im eigentlichen Verstande, zu meiner Gemahlinn zu erheben.

Baroninn. Darüber sind wir ja schon längst einverstanden.

Graf. Das freut mich.

Baroninn. Wir müssen aber Mittel finden, meinen Mann und das Mädchen für Sie zu gewinnen.

Graf. Ja, die müssen wir finden.

Baroninn. Was meynen Sie?

Graf. Ich? — ich werde mich zu Allem bereit finden lassen.

Baroninn. Sie müssen aber auch welche ersinnen helfen.

Graf. Das überlasse ich Ihnen gänzlich.

Baroninn. Ich danke für Ihr gütiges Zutrauen. Aber vier Augen sehen gewöhnlich weiter, als zwey.

Graf. Ich sehe nicht gut in die Weite; dar-

um brauche ich schon seit langer Zeit eine Lor-
guette.

Baroninn (coquett). Schade für Ihre schönen Augen.

Graf. Von außen merkt man doch nichts.

Baroninn. Was meinen alten Eheherrn
betrifft, der muß überlistet werden.

Graf. Ich werde meinen ganzen Scharfsinn
aufbieten.

Baroninn. Auf das Mädchen müssen Sie
aber vorzüglich wirken.

Graf. Ich habe ihr meine Liebe wirklich be-
reits erklärt.

Baroninn. Das war bis jetzt nicht genug.
Sie müssen nachdrücklicher handeln.

Graf. Wie? — mit Gewalt?

Baroninn. Bewahre! mit Hülfe eines Uni-
versalmittels, dem wenig Mädchen widerstehen.

Graf. Ein remède? bon!

Baroninn. Welches Vorurtheil in Schlaf
wiegt, und Gleichgültigkeit in Ergebenheit verwandelt.

Graf. In Schlaf wiegt? Ah — ich verstehe.
— Also — Opium?

Baroninn. Ey behüte Gott! ich meyne
Geschenke.

Graf. Geschenke? ah — das ist was anderes.

Baroninn. Die jungen Mädchen putzen sich
gern. Wie wäre es, wenn Sie einen Schmuck
von Werth ihr zum Geschenke machten?

Graf. Einen Hochzeitschmuck?

Baroninn. Einen Schmuck; und das thun Sie bald; morgen, wenn Sie wollen.

Graf. Wie hoch am Werthe etwa?

Baroninn. Vier bis fünf hundert Ducaten.

Graf. Meynen Sie? — so hoch? aber die Juwelen sind gewaltig im Preise gefallen.

Baroninn (etwas unwillig). Ich kenne den Preis recht gut. Halten Sie die Summe zu groß für ein Frauenzimmer von Stande, welches Sie zu heirathen wünschen?

Graf. Das — eben nicht, — aber — Nicht wahr, den Schmuck kann sie auch bey der Vermählung tragen?

Baroninn. Wenn Sie wollen.

Graf. Bon! — Und Sie meynen, daß dadurch alle Schwierigkeiten gehoben würden?

Baroninn. Die meisten. Aber Sie müssen eilen.

Graf. Zuverlässig. Morgen des Tages werde ich den bewußten Schmuck ihr überreichen.

Baroninn (coquett). Sehen Sie, wie sehr ich mir's angelegen seyn lasse, Ihre Wünsche zu befriedigen?

Graf (küßt ihre Hand).

Fünfter Auftritt.

Der Baron. Vorige.

Baron (hat ihre letzte Rede gehört). Das ist ihm gar nichts neues.

Graf. Mein Herr Baron —

Baron. Geniren Sie sich wegen meiner gar

nicht. Sie dürfen schon Ihre Danksagung in meiner Gegenwart abstatten.

Baroninn. Dazu bedürfen der Herr Graf kaum Ihrer Erlaubniß.

Baron. Was einem gutwillig gegeben wird, braucht man nicht zu nehmen.

Baroninn. Die Rede ist von einem guten Rath.

Baron. Das ist löblich. Ein guter Rath zu rechter Zeit gegeben, ist öfters viel werth.

Graf. Vraiment! — Wir sprachen von meiner Liebe zu Fräulein Julie.

Baron. Aha! für diese interessirt sie sich?

Graf. Recht sehr.

Baron. Löblich! — und dafür danken Sie also?

Graf. Meiner Schuldigkeit gemäß.

Baron. Ich fürchte aber, diese Danksagung kömmt noch etwas zu früh.

Graf. Wie so?

Baron. Es gibt zuvor noch allerley zu berichtigen.

Graf. Mein Hausmeister wird schon alle Anstalten sehr gut besorgen.

Baron. Wozu?

Graf. Zu meiner Vermählung.

Baron. Sie haben einen glücklichen Grad von Bewußtseyn Ihrer Vortrefflichkeit; ich hätte Ihnen indeß auch einen guten Rath zu geben, wenn er gleich aus meinem Munde nicht ganz so angenehm klingt.

Graf. Ich höre.

Beck. Die Schachmaschine. 4

Baron. Aber nur unter vier Augen.

Baroninn (verbeugt sich gegen den Grafen und geht).

Sechster Auftritt.

Baron. Graf.

Baron (sieht ihn eine kleine Weile an, ohne zu sprechen, und scheint in Bewunderung versunken).

Graf (nimmt eine Prise de contenance).

Baron (spricht immer nicht).

Graf. Eh bien! Monsieur le Baron.

Baron. Ich betrachte Sie mit Bewunderung! Sie sind ein artiger Cavalier!

Graf (verbeugt sich).

Baron. Artig und angenehm! das muß man sagen.

Graf. Zu gütig.

Baron. Und so ein Air von Bedeutung, eine so — wie soll ich doch sagen — eine gewisse ausdrucksvolle Miene, daß man glaubt, Sie sagen Alles, wenn Sie gleich gar nichts sagen.

Graf. Das kommt wohl endlich durch tiefes Studiren.

Baron. Nicht wahr, die Miene haben Sie vom Nachdenken?

Graf. Mit unter. Sie wissen, unser einer muß sich auf alle Weise zu souteniren wissen.

Baron. Sie denken aber nicht allemal dabey, das müßte mühsam seyn.

Graf. Die Gewohnheit erleichtert alles.

Baron. Ich möchte nur wissen, was Sie machen, daß Sie so allgemein interessiren?

Graf (wohlgefällig). Wenn man so — seine guten Eigenschaften ins Licht zu setzen weiß.

Baron. Besonders bey den Damen! da haben Sie viel Glück.

Graf (lächelnd). Sie scherzen.

Baron. Nein, wahrhaftig! Vor einigen Jahren, da hätte ich schon Ursache gehabt, eifersüchtig zu seyn. Doch jetzt hat sich Ihre Neigung von der Tante auf die Nichte ver — stiegen?

Graf. So ist's.

Baron. Aber d i e s e wünschen Sie zu heirathen?

Graf. Ganz und gar.

Baron. Mit Leib und Seele? — löblich! — Nun, das ließe sich schon machen.

Graf. Das freut mich!

Baron. Wenn nur ein einziger kleiner Umstand nicht wäre.

Graf. Ein Umstand?

Baron. O, ein g a n z k l e i n e r. — Meine Nichte kann Sie nicht ausstehen.

Graf. Nicht ausstehen? Bon! aber — wie? Sollte sie denn wirklich eine gänzliche Abneigung . . .

Baron. Gänzlich! ich kanns Ihnen zuschwören; sie bekömmt Zahnweh, wenn sie nur Ihren Nahmen hört.

Graf. So etwas mag ich zur Ehre der menschlichen Vernunft nicht glauben.

Baron. Da haben Sie Recht. Das ist bequem. Ich wollte Ihnen auch etwas so ganz un-

4 *

natürliches nicht s a g e n; wenns nur nicht un=
glücklicher Weise wahr wäre.

Graf. Da steckt eine Cabale dahinter.

Baron. Ich glaub's selbst. Die fatale Natur
hat eine Cabale geschmiedet. Wie wär's sonst
möglich, daß g e r a d e meine N i c h t e — den
Mann — den alle Frauenzimmer a n b e t e n,
und alle Männer v e r e h r e n — nicht ausste=
hen kann.

Graf. Nein, nein! etwas anderes — der
Herr Stiefbruder! ce gueux, ce misérable!

Baron. Holla — he — was war das? —
Gueux? Das heißt auf deutsch Bettler?

Graf. Das ist er.

Baron. En bewahre! der Bruder des rei=
chen Grafen von Balken! ein Bettler?

Graf. Si fait.

Baron. Nun so werden Sie ihm ja wohl
helfen?

Graf. Nicht mit einem Heller.

Baron. Ah, das ist Ihr Ernst nicht.

Graf. Ich habe ihm einmal geholfen, und
helfe ihm nie wieder.

Baron. Um Vergebung; wie halfen Sie
ihm?

Graf. Ich hatte ihm durch Connexionen eine
Stelle bey dem Salmschen Freycorps in Hol=
land verschafft; er hat dort sein Glück verscherzt:
— nun habe ich meine Hand gänzlich von ihm
abgezogen.

Baron (im Zorne). En der Tausend! das nen=
ne ich doch eine brüderliche Hand! Sein Glück
dort verscherzt? Da ließ sich auch ein Glück

hoffen! — Schämen Sie sich nicht, so etwas
selbst zu erzählen? Ich gab Ihnen von ferne
zu verstehen, woran Sie mit Ihrem Gesuche
wären; aber ich merke, man muß es bey Ihnen deutlich und verständlich machen. So sage
ich Ihnen denn hiermit: daß ich meine Nichte
lieber an einen Besenbinder verheirathen, als
in Ihrem Staatswagen fahren sehen will! Es
ist übrigens ein recht schöner Wagen; aber es
wird mir doch lieb seyn, wenn er so bald als
möglich aus meinem Hofe wieder hinausfährt.
(Geht ab.)

Der Graf (allein. Nach einer Pause). Wer nun
der Mensch wäre, den so etwas beleidigen könnte,
der hätte jetzt alle Ursachen sich zu alteriren.
Das will ich aber nicht thun. Der Mann kömmt
zu wenig in gute Gesellschaften, hat viel auf
dem Lande gelebt, — verkehrt hier mit der Ro-
türe, und weiß folglich nicht viel vom guten
Tone. Auch gebe ich darum nicht die Hoffnung
auf. Mein Rang, mein Vermögen, mein Verstand — und die Unterstützung der Frau von
Rink! es kann nicht fehlen, ich reüssire gewiß.
(Will ab, in der Thür begegnet ihm die Baroninn.)

Siebenter Auftritt.

Graf. Baroninn.

Baroninn. Ich bin sehr begierig, wie ihre
Unterredung mit meinem Herrn Gemahl abge-
laufen ist.

Graf. Aeußerst gut! — C'est à dire im Anfange.

Baroninn. Wirklich?

Graf. Je vous assure! er war sehr complaisant: sagte mir eine Menge Verbindlichkeiten, die ich auch so bescheiden als möglich zu mir nahm.

Baroninn. Was sagte er Ihnen denn?

Graf. Von einigen Qualitäten, von meinem Ascendant über die Damen überhaupt, — von Ihrer Güte — und so weiter. — So etwas wiederholt sich nicht mit guter Art.

Baroninn. Ich merke, der Herr Baron beliebten zu satyrisiren.

Graf. Bien pardon! es war lauter Wahrheit. (Empfindlich und wichtig) Ich hoffe, Sie trauen mir zu, daß ich mich auf Satyre verstehe?

Baroninn. Ich zweifle gar nicht. — Nun weiter.

Graf. Aber — auf einmal — ich weiß selbst nicht wie es kam — änderte der Herr Baron den Ton; behauptete seine Fräulein Niece könnte mich nicht ausstehen; und — schloß mit der agreablen Versicherung: er wolle sie lieber an einen — mit Respect zu sagen — Besenbinder — als an mich verheirathen.

Baroninn. Ziemlich impertinent! das gleicht ihm. Jetzt bleibt uns nur die Klugheit.

Graf. Bon! die meinige steht ganz zu Befehl.

Baroninn. Erst müssen wir abwarten, was der Schmuck für Effect macht.

Graf. Bon!

Baroninn. Macht er guten Effect, woran ich nicht zweifle, dann haben wir schon zwey Drittheile für uns.

Graf. Fort bien!

Baroninn. Aber wir müssen doch auf alle Fälle gefaßt seyn. Gesetzt nun, der Schmuck reüssirte auch nicht?

Graf. Dann muß man Gewalt brauchen.

Baroninn. Pfuy! ich bin für die Intrigue.

Graf. Eh bien moi aussi! Wie meynen Sie, wenn ich bey Nachtzeit in ihr Zimmer zu kommen suchte?

Baroninn. Sie vergessen sich, Herr Graf.

Graf. Point du tout! was ich unternehme, geschieht mit Anstand und mit Besonnenheit.

Baroninn. Wie meynten Sie denn?

Graf. Ich habe vor Kurzem in einem französischen Romane so eine Art Intrigue gelesen; und sie reüssirte superb!

Baroninn. Lassen Sie hören.

Graf. Man schleicht sich in das Schlafzimmer. — Das Frauenzimmer wird böse, macht selbst Lärmen. Das ganze Haus läuft zusammen. — Die ganze Sache ist equivoque; die Furcht vor Stadtgeschwätz, und so weiter; et ça va!

Baroninn. Die Intrigue ist zwar nicht neu; aber sie ließe sich hören, wenn sie weniger indelicat wäre.

Graf. Ah pour la délicatesse? je vous en réponps. Die Heirath macht alles gut. Je vous demande votre consentement.

Baroninn. Es sey! aber—mit Anstand! und Klugheit!

Graf. Comme à l'ordinaire! à l'honneur de vous revoir.

Baroninn. Votre servante tres-humble.

(Beyde mit vielen Complimenten auf beyden Seiten ab.)

(Hinterhaus des Baron Rink. Auf der einen Seite mit einem Fenster in den Garten; der übrige Theil des Theaters, Garten; die Thür im Hintergrunde dem Hause gegenüber. Im Fenster hängt die Strickleiter. Nacht.)

Achter Auftritt.

Carl Ruf im Mantel. Wendheim im Ueberrocke. Frey.

Carl (im Hineintreten). Frey, sieh zu, daß uns niemand aus dem Hause überfällt.

Frey (geht an die hintersten Coulissen der Seite, wo das Haus ist).

Carl. Siehst du die Flagge der begünstigten Liebe im Fenster?

Wendh. Wahrhaftig! eine Strickleiter.

Carl. Begreifst du's nun, wie du sie heute noch sprechen wirst?

Wendh. (umarmt ihn).

Carl. Laß die Possen; nuß' die Zeit, steig hinauf.

Wendh. Ich zittere.

Carl. Pfuy Teufel!

Wendh. Wenn man uns überraschte?

Carl. So wehr' dich, und im Nothfall ruf'
Hülfe; hier steht das corps de réserve..

Wendh. Man wird den Zorn an i h r aus-
lassen.

Carl. Ah — man wird sie nicht einmauren.
Steig! Noch eins; wenns hier unten etwan
Lärmen gibt, stör' dich an nichts. Ich deck' dir
auf alle Fälle den Rückzug.

Wendh. Guter Mensch! wie beneid' ich dich
um deine glückliche Laune! O wär' ich doch an
deiner Stelle!

Carl. Warum?

Wendh. Welche Schwierigkeiten — welche
Gefahren — stehen zwischen mir und meinen
Wünschen!

Carl. Und i ch steh hier, und möchte des
Teufels werden, daß ich zu den Mädchen d ü r f t e
wenn ich w o l l t e. Ich stähle um mein Leben
gern auch so was. Mir läuft ordentlich der
Mund voll Wasser, wie ich nur die Leiter an-
seh! — Mach fort — oder ich steig hinauf, und
nehm dir's Mädchen vor der Nase weg.

Wendh. (steigt hinauf).

Carl. Ey ey, curios! da steigt er hinauf
— zu meiner Braut — und i ch halte die Leiter — das ist neu! Wenns noch eine Frau wäre;
da hat man Exempel; aber — eine B r a u t,
und — eine h ü b s c h e Braut — das macht mir
keiner so leicht nach. — (Pause) Droben wär'
er! — Ich habe einen zu friedlichen Posten; das
ärgert mich! — Kein Bedienter läßt sich sehen:
— wo stecken denn die Schurken? — schlechte
Wachsamkeit in dem Hause! Kein Polizeybeam-

ter — nicht einmal ein Nachtwächter! Wenn
die ganze Expedition ohne Lärm und Spectakel
ausgeht — so schäm' ich mich zu Tode. — Stille
— es rührt sich etwas — — Wer kömmt da?

Neunter Auftritt.

Der alte Ruf. Vorige.

Ruf (von innen). Bleib nur dort an der Gaf=
senecke, bis ich komme.

Carl. Mein Onkel! so wahr ich lebe! ah —
ich bin verstellt genug, und hier sucht er den
Philosophen wahrhaftig nicht; — da könnt's
was geben? Va! der Staat will Krieg, folglich
muß er angegriffen werden.

Ruf (geht herein und nach dem Fenster zu). Ich
bin doch neugierig, ob sie Wort hält.

Carl (mit verstellter Stimme). Hier darf nie=
mand gehen.

Ruf. Wer will mir's wehren?

Carl. Ich, Herr Patron!

Ruf. Das will ich wohl sehen.

Carl (schleudert ihn sanft). Marsch hinaus.

Ruf. Was hat der Herr für ein Recht mir die=
sen Garten zu verbieten?

Carl. Ich bin beordert, alles Gesindel weg=
zutreiben.

Ruf. Zum Henker, sieht mich der Herr für
Gesindel an?

Carl. So was dergleichen. Er hat so was
Mädchenfängermäßiges im Gesichte, und darum
bin ich just hier, um die wegzujagen.

Ruf. Darum?

Carl. Ja darum. Die hübschen Mädchen da oben — gelt, darnach gelüstet Ihm? Möcht' Er nicht da hinauf klettern? — ja — gehorsamer Diener —! Da hinauf kömmt mir einmal niemand, (für sich) als dem ich selbst die Leiter halte.

Ruf. Wer ist denn der Herr?

Carl. Ich bin von der Polizey.

Ruf. Der Herr ist von der Polizey? das hätt' ich gleich an der Manier merken können; nun Herr Polizeybedienter, ein Wort im Vertrauen.

Carl. Was beliebt?

Ruf. Da ist eine Kleinigkeit. (Will ihm Geld geben.)

Carl (etwas im launigten und natürlichen seines Tones). Fort damit! ich thue mein Tage nicht, was andere meines Gleichen thun; sonst wär' ich nicht hier; ich könnt' höher *) seyn, als ich bin, aber es ist mein eigener Wille daß ich unten bleibe.

Ruf. Was ist das? Die Stimme hat Aehnlichkeit —

Carl. Mit was?

Ruf. Mit meinem Tropfe von Neffen.

Carl (in verstelltem Tone). Keine Sottisen! das bitt ich mir aus; wer ist Sein Neffe?

Ruf. Was geht's den Herrn an?

Carl. Ich muß es wissen — des Vergleichs wegen. — Wenn ich beschimpft bin, so soll —

---

*) Der Schauspieler wird dies Wortspiel, durch einen verstohlnen Seitenblick auf die Leiter und den Balken, wohl andeuten.

Ruf. O ho! Wegen dem Schimpfe. Der Baron Ruf — und ein —

Carl. So? ist der liederliche Zeisig auch wieder hier? Nun, da wird's wieder was nachzuspüren geben.

Ruf (seufzend). Ach bewahre!

Carl Ja, ja! er hat uns schon als ein Bürschchen oft genug in Athem gesetzt. Er fängt überall Rumor und Schlägerey an —

Ruf. Das hat sich ja leider geändert; sonst — ja, da wars was anders — da hätte er einen groben Polizeybedienten in die nächste Gosse promovirt; und jetzt hat der Schuft nicht mehr so viel Courage einen Esel in seinen Stall zu jagen.

Carl. Will Er gleich nach Hause?

Ruf. Was gibts?

Carl. Fort, gleich nach Hause; ich merks schon, der Herr hat auf mich gestichelt, als ob mirs an Courage fehlte.

Ruf. Was ficht den Herrn an, ich sprach von meinem Neffen.

Carl. Ich weiß schon, der hätt' nicht die Courage einen Esel in den Stall zu jagen? Drum will ich ihm zeigen, daß ich die Courage habe, einen Esel in den Stall zu jagen, so wahr ich Polizeybeamter bin; ich will ihm zeigen, wie man bey Nacht die Thiere in den Stall jagt.

Ruf. Ist der Herr rasend?

Carl. Fort, fort! und das den Augenblick! oder ich pfeif meinen Cameraden. (Umfaßt ihn, und fängt an, ihn, obwohl sehr sanft, wegzuschieben.)

Ruf. Wenn ich nicht das Aufsehen scheute —
Laß los in Teufels Nahmen — ich gehe schon.
(Unter diesen Reden ab.)

Zehnter Auftritt.

Carl Ruf. Frey. Wendheim.

Wendh. (kam unter den vorigen Reden schnell
die Leiter herunter). Was gabs hier für Lärmen?

Carl. Nichts, gar nichts; ich habe nur meinen Onkel ein Bischen zum Garten hinaus trans-
portirt.

Wendh. Deinen Onkel?

Carl. Ja.

Wendh. Weßwegen?

Carl. Er zweifelte an meiner Courage; da
mußt' ich ihm doch das Gegentheil beweisen.

Wendh. Kannt' er dich denn nicht?

Carl. Nein, verstellte Stimme, Verkleidung
— und — die Ppilosophie!

Wendh. Wenn er das je erfährt?

Carl. Ha, ha, ha, ich sags ihm selber, so bald
es Zeit ist. Es freut ihn königlich! Nun, wie
gings oben? Hat man Euch gestört?

Wendh. Nein.

Carl. Gar nicht bemerkt?

Wendh. Auch nicht.

Carl. Warum führt dich denn Beelzebub schon
wieder herunter?

Wendh. Das Geräusch hier unten machte
mich schüchtern.

Carl. O du Memme! steig gleich wieder hinauf.

Wendh. Wie kann ich? da liegt die Strickleiter.

Carl. Es geschieht dir recht. Frey, nimm
die Leiter. Da stehen wir — ist das auch der
Mühe werth? Pfuy Teufel!

Wendh. Genug für jetzt.

Carl. Für dich wohl; aber für mich noch
lange nicht. Was? ich soll ein Abenteuer, das
so schön anfing, so ganz erbärmlich beschlie-
ßen? Nein, das kann ich nicht. Was willst du denn noch?

Wendh. Was willst du denn noch?

Carl. Lärm, Spectakel! (schreyend)! He ihr
Kerls! liegt Ihr denn alle auf den Ohren? Laßt
Euch doch nicht so leicht Eure Mädchen stehlen.

Wendh. (hält ihm den Mund zu). Bist du rasend? was machst du?

Carl. Wachsam sollen die Kerls werden. Es
ist ja eine Schande, wie leicht sie's uns machen!
Ich hätt' den Teufel davon, wenns nicht mehr
Mühe kosten soll. (Wieder schreyend) Wollt ihr nicht
heraus, ihr Schurken! Diebe sind da; sie tragen euch's Haus mit sammt den Mädchen weg.

Wendh. (wie vorhin). Ich bitte dich um Alles
in der Welt.

Carl. Laß mich doch nur den Abend austo-
ben; morgen, wenn mich der Onkel sieht, muß
ich vielleicht wieder Philosoph seyn.

Wendh. Trotz der Scenen von vorhin?

Carl. Die gehören zur Experimental-Philo-
sophie. Bey Tage beweise ich ihm die Unsterblichkeit der Seele; bey Nacht — die Hinfälligkeit

des Körpers. (Stimmen von innen) Der Lärmen kömmt aus dem Garten.

Carl. Ah — jetzt kann es doch noch ein paar Püffe absetzen; nun bin ich zufrieden.

(Einige Bedienten stürzen aus dem Hause; zwey haben Fackeln, die andern Stöcke, und wollen auf Carl und die andern los. Carl und Frey prallen mit wildem Geschrey ihnen entgegen. Hierauf nehmen die Bedienten schnell die Flucht. Indem fällt der Vorhang.)

Dritter Aufzug.

(Zimmer des Baron Rink.)

Erster Auftritt.

Der Baron an einem Schachtische, hat ein Buch in der Hand und zieht die Schachsteine auf beyden Seiten, nachdem er vor jedem Zug ins Buch gesehen, nach einer Weile die Baroninn.

Baroninn. Hm! Ew. Gnaden amusiren sich mit sich selbst?

Baron. Wahrhaftig, das thu' ich; und finde eine zehnmal bessere Unterhaltung, als in einem ganzen Saale voll geputzter Skelette ohne Seelen.

Baroninn. Das soll wohl abermals ein Stich seyn auf meine Zirkel?

Baron. Was Sie nicht rathen können!

Baroninn. Warum wählen Sie nicht einen Mitspieler?

Baron. Weil ich keinen so leicht finde.

Baroninn. Wie wärs, wenn ich Unterricht nähme?

Baron. Sie haltens nicht aus, meine Gnä=
dige, Ihre Nerven sind zu fein.

Baroninn. Es gibt doch hier Liebhaber
genug vom Schachspiele?

Baron. O ja, aber von ungleicher Geschick=
lichkeit; ein Stärkerer mahlt Figuren auf den
Tisch, während ich nachsinne; und ein Schwä=
cherer macht mir Langeweile.

Baroninn. So würde ich mir eine Ma=
schine anschaffen; z. B. wie des Herrn von Kem=
pelen seine war; da können Sie doch mit Eh=
ren Ihre ganze Kunst aufbieten.

Baron. Wenn Sie so galant wären, mir
eine solche zu verschaffen?

Baroninn. Ich werde mich bemühen.

Baron. Unterthäniger Diener.

Baroninn. Apropos! — Haben Sie schon
von den abscheulichen Ungezogenheiten voriger
Nacht gehört?

Baron. Nein. Was wars denn?

Baroninn. Ein Paar liederliche Bursche hat=
ten sich in den Garten geschlichen, unter die
Fenster der Fräuleins, und führten sich im höch=
sten Grade insolent auf.

Baron. Wer waren sie?

Baroninn. Der eine war der junge Baron
Ruf, der würdige sogenannte Bräutigam unserer
Niece.

Baron. Der junge Ruf?

Baroninn. Wie ich Ihnen sage.

Baron. Ist denn der hier?

Baroninn. Seit gestern Vormittag.

Baron. Woher wissen Sie das?

Beck. Die Schachmaschine.   5

Baroninn. Er war schon hier im Hause.

Baron. Bey Ihnen?

Baroninn. O nein; wie käme der zu einer schuldigen Höflichkeit?

Baron. Wo denn?

Baroninn. Bey den Mädchen.

Baron. Daran that er wohl.

Baroninn. Aber seine Insolenz in der Nacht

Baron. Welche denn?

Baroninn. Andere liederliche Bursche dazu zu nehmen; unter ehrbarer Mädchen Fenster, Lärm und Spectakel zu machen? und das ganze Haus zu allarmiren?

Baron. Das sieht ihm ähnlich, dem Wildfang!

Baroninn. Das ist noch lange nicht alles.

Baron. Noch nicht alles?

Baroninn. So viel ich hörte, hatte sogar einer die Unverschämtheit, in der Fräulein Fenster steigen zu wollen.

Baron. Im zweyten Stocke; wie wäre das möglich?

Baroninn. Was ist solchen zügellosen jungen Burschen nicht möglich; die Art weiß ich selbst noch nicht genau. — Aber über die Schamlosigkeit der Mädchen kann ich mich nicht genug verwundern.

Baron. Wie so?

Baroninn. Daß sie nicht gleich auf der Stelle es anzeigten!

Baron. Das war unrecht.

Baroninn. Die Sitten verschlimmern sich täglich!

Baron. Leider!

Baroninn. Wenn ich bedenke! — Wenn sich je eine junge Mannsperson unterstanden hätte, zu mir durchs Fenster steigen zu wollen?

Baron (ironisch). Sie? ach Gott! — Sie wären auf der Stelle in Ohnmacht gefallen.

Zweyter Auftritt.

Der alte Ruf. Vorige.

Ruf (unmuthig). Servitör. (Legt ab.) Alter, ich bring dir dein Wort zurück.

Baron. Was für ein Wort?

Ruf. Wegen deiner Julie; es wäre Schade, wenn sie den Menschen bekäme.

Baron. Deinen Carl?

Ruf. Meinen? ich weiß nichts von ihm; will nichts mehr wissen; gib sie wem du willst; nur nicht dem stockdummen Burschen, meinem Neffen.

Baron. Das sagst du selbst?

Ruf. Weil es wahr ist; er taugt den Teufel nicht.

Baron. Was hast du gegen ihn?

Ruf. Ein Philosoph ist der verruchte Mensch geworden! Denk' nur — ein Philosoph! und noch dazu von der dummen Sorte.

Baroninn (lacht).

Ruf. Was lachen Sie?

Baron. Du scherzest?

Ruf. Ja! es ist mir auch ums Scherzen! ich hab' mir fast die Schwindsucht an den Hals geärgert! Ich komm' zu ihm — in der Freude

5 *

meines Herzens, will meinen Wildfang so recht
an mich drücken; steht der Kerl da wie der Pro-
phet Jonas im Holzschnitte, mit einer essigsau-
ren Miene, und kramt Sentenzen aus, — immer eine abgeschmackter als die andere.

Baroninn. Und das soll man Ihnen glauben? wenn man so sehr vom Gegentheile überzeugt ist? Ein Philosoph! ha, ha, ha!

Ruf. Ich sag' Ihnen aber, es ist so!

Baroninn. Ich sage nein.

Ruf. Ich weiß es aus Ueberzeugung.

Baroninn. Ich auch.

Ruf. Er ist ein andächtiger, langweiliger Schul-
fuchs geworden.

Baroninn. Er ist noch leichtsinniger, wilder und unbändiger als je!

Ruf. Aber zum Henker! ich hab' ihn ja gesprochen!

Baroninn. Ich nicht. Aber ich weiß doch,
woran ich bin.

Ruf. Nun so reden Sie einmal; ich wollts
ja gern glauben.

Baroninn. Er war gestern Morgen schon
hier; in der Kleidung eines Erz-Libertin.

Ruf. Ich sah ihn in einem Schlafrocke von
bretdickem Damast.

Baroninn. Er war gestern Nacht im Garten unter dem Fenster der Fräuleins

Ruf. Wer?

Baroninn. Ihr Neffe.

Ruf. Um welche Zeit?

Baroninn. Nach neun Uhr.

Ruf. Hm, hm! haben Sie ihn gesehen?

Baroninn. Nein.

Ruf. Woher wissen Sie's?

Baroninn. Eine von unsern Mägden hat seinen Nahmen gehört.

Ruf. Hm, hm! Weiter!

Baroninn. Fing liederliche Streiche an, Lärm, Spectakel —

Ruf. So?

Baroninn. Und würde es noch, wer weiß wie bunt gemacht haben, wäre er nicht verjagt worden.

Ruf. Und das war mein Neffe?

Baroninn. Ja.

Ruf. Und das wissen Sie gewiß?

Baroninn. Ganz gewiß.

Ruf. Meinen Kopf gegen einen kleinen Thaler, Sie haben unrecht.

Baroninn. Es ist nicht möglich.

Ruf. Da sieht man, wie die Dinge in der Welt verdreht werden.

Baron. Erkläre dich doch deutlich.

Ruf. Gleich. Warte. (Nimmt Hut und Stock.) Die Geschichte ist ganz wahr. Es war ein Ruf in Eurem Garten, spazierte unter den Fenstern, — wurde hinaus geworfen; — und der war ich!

Baron. Was? — Du?

Ruf. Ja, beym Teufel! wenn ichs sage!

Baron. Was hast du —

Ruf (läuft plötzlich ab).

Baron. Das ist ein sonderbares Mißverständniß. (Geht ihm nach.)

Dritter Auftritt.

Die Baroninn. Hernach Marie. Dann
Julie.

Baroninn (klingelt).

Marie (kömmt).

Baroninn. Julie soll kommen!

(Marie ab.)

Baroninn. Etwas wäre nun schon gewonnen. Sein Wort hätte mein Herr Gemahl zurück. Jetzt wär' also nur noch sein Eigensinn zu bekämpfen.

Julie. Was befehlen Sie, gnädige Tante?

Baroninn. Mein liebes Kind; die Dinge haben eine sonderbare Wendung genommen. Eben brachte der alte Ruf deinem Onkel sein gegebenes Wort zurück, mit der Versicherung, daß sein Neffe deiner nicht würdig wäre. Wendheim ist nun ein für allemal nichts für dich; was bleibt dir nun übrig?

Julie. Einsamkeit! Ihre und meines Onkels Güte.

Baroninn. Nein, mein Kind, das geht nicht. Heirathen mußt du auf alle Fälle. Aber, wenn du mir beweisen willst, daß du mich liebst, so wählst du d e n, welchen ich dir vorschlagen werde.

Julie. Liebe Tante, das Herz bestimmt die Wahl des geliebten Gatten; man kann wohl zum Entsagen gezwungen werden, aber nicht zum Lieben.

Baroninn. Das ist Schwärmerey!

Julie. Ich fühle so.

Baroninn. Das Herz eines jungen Mädchens ist ein sehr unweiser Führer. Der reifere Verstand eines Dritten muß erwägen, leiten, entscheiden.

Julie. Gegen, aber nicht für; ich kann allenfalls entsagen, wenn ich muß. Aber nie würde ich einem die Hand geben, den ich weder achten noch lieben könnte.

Baroninn. Auf wen geht das?

Julie. Auf jeden, der unedel genug dächte, sich mir aufdringen zu lassen.

Baroninn. Ey, wie stolz das gnädige Fräulein sind! Aufdringen wird man Ihnen niemand; aber ich hoffe, Sie werden nicht thöricht genug seyn, um jemand abzuweisen, der am Range und Vermögen wenige über sich hat. Kurz, Graf Balken erzeigt Ihnen, wie Sie wissen, die Ehre, sich um Sie zu bewerben, und ich hoffe, Sie werden keine Caprizen einem solchen Glücke entgegen setzen.

Vierter Auftritt.

Graf Balken. Vorige.

Baroninn. Sie kommen wie gerufen, mein lieber Graf. Die Einleitung ist gemacht; vollenden Sie.

Graf. Ist sie schon d'accord?

Baroninn. Noch nicht so eigentlich; das gnädige Fräulein zieren sich noch ein wenig.

Julie. Es ist nur zu sehr Wahrheit, was ich fühle und sagte.

Graf. Wahrheit? Bon. Ich liebe die Wahr=
heit.

Julie. Auch ohne Schminke?

Graf. Ein wenig rouge, steht doch nicht übel;
nur die weiße Schminke ist der Haut schädlich.

Julie. Ich meyne die Schminke im morali=
schen Sinne.

Graf. Moralisch? Bon. Ich liebe auch die
Moral.

Baroninn. Verlieren Sie keine Zeit, Herr
Graf, ich werde das Nöthige hinzuzufügen wissen.

Julie. Verderben Sie keine Zeit, Herr Gra.

Graf. Verderben? Zu bescheiden; wie könnte
man mit Ihnen die Zeit verderben. Ich habe
die halbe Nacht studirt, um etwas zu finden,
das Ihnen einen recht eigentlichen Begriff von
der Stärke meiner Liebe geben könnte, und end=
lich hab' ichs gefunden.

Julie. Ich bedaure Ihr mühsames Studium.

Graf. Hier ist es, ich übergebe es Ihren
schönen Händen. (Reicht ihr den Schmuck.)

Julie. Bemühen Sie sich nicht. Ich bin
gar nicht neugierig.

Graf. Untersuchen Sie nur. Ich bitte! Ich
bitte sehr!

Julie (nimmt es).

Graf. Es gehört Ihnen; ein Geschenk, wel=
ches meine Zärtlichkeit Ihnen zum Opfer dar=
bringt.

Julie. Ich verlange weder Opfer noch Ge=
schenke.

Graf. Es ist keine Kleinigkeit; ich hab' für
diesen Schmuck 500 Ducaten baar bezahlt.

Julie. Glauben Sie wirklich, daß ich im Stande wäre mich durch Geld erkaufen zu lassen? (Will ihn zurück geben.)

Baroninn. Welche abgeschmackte Auslegung! Es ist nur ein Beweis von des Herrn Grafen Attention, und sonst nichts.

Julie. Ich könnte Sie durch nichts erwiedern, also darf ich sie nicht annehmen. (Will es ihm geben.)

Baroninn. Fräulein! Sie werden kindisch!

Julie. Ich fühle das Gegentheil, gnädige Tante. Ein Kind ist durch Tändeley und Spielwerk zu beschäftigen, zu bestechen; mir befiehlt die Pflicht des gesitteten Mädchens, nicht zu empfangen — wo ich nie etwas zurückzugeben vermag. Ich bitte dringend, Herr Graf — (Will es ihm abermals aufdringen.)

Baroninn. Welche Unhöflichkeit! Ein solches Geschenk auszuschlagen. Du behältst den Schmuck!

Julie (steht an).

Baroninn. Du behältst ihn! ich befehl' es! Ich muß wirklich deine Delicatesse bewundern! Nicht wahr, wenn der armselige Herr von Wendheim im Stande wäre, ein solches Geschenk zu machen? du hättest dich schwerlich geweigert.

Julie (erröthend vor Unwillen). Ich bin gewohnt die Menschen nach ihrem innern Werthe zu schätzen, nicht nach Ducaten! Und da Sie mich auffordern, gnädige Tante, so gesteh' ich Ihnen frey: daß der armselige Wendheim, wie Sie ihn zu nennen belieben, bey seiner Armuth

mehr Werth in meinen Augen besitzt, als ir=
gend ein Mann auf Gottes weiter Erde! und
wär' er auch so vornehm, reich und freygebig
— als der Herr Graf!

Baroninn. Unverschämte, entferne dich!

Julie. Mit Vergnügen! Nur erlauben Sie
mir noch eins zu erinnern, weil Sie doch einen
so entehrenden Accent auf Wendheims Armuth
legten: Das Schicksal vertheilt die Güter; dem
einen gibt es Rang, Titel, Reichthümer! dem
andern Verstand, Tugend und ein edles
Herz! — Wer ist wohl zu beneiden?
(Sie verbeugt sich mit einer Mischung von Würde und
Unterwürfigkeit, und geht ab.)

Fünfter Auftritt.

Die Baroninn. Graf. Hernach Sophie.

Graf (sieht ihr eine Weile ohne Ausdruck nach).
Elle a de l'esprit!

Baroninn. Sie stützt sich auf die Vorliebe
des Herrn Onkels; aber ich meyne doch, sie
soll den Kürzern ziehen.

Graf. Sie meynen? Bon!

Baroninn. Ein Stein des Anstoßes ist
weg. Der alte Ruf brachte vorhin meinem Ge=
mahl sein gegebenes Wort zurück; sein Neffe
soll Julien nicht haben.

Graf. Wie? ein refus?

Baroninn. Verstehen Sie mich recht; er
ist mit seinem Neffen unzufrieden, und meynt:
Julie verdiente einen würdigern Gatten.

Graf. Einen würdigern? Bon! Das meyne ich ja auch. Da wären wir also ganz einverstanden?

Baroninn. Noch nicht ganz. Gegen Sie hat er durchaus ein Vorurtheil.

Graf. Wie mag das nur kommen?

Sophie (tritt schnell ein; wie sie die folgenden Reden der Baroninn hört, bleibt sie stehen und lauscht mit einer arglistigen Miene).

Baroninn. Das gilt gleich. Aber ich habe noch Hülfsmittel genug übrig.

Graf (küßt ihre Hand). Encore des remèdes? — Bon!

Baroninn. Vor's Erste suchen Sie Ihren Stiefbruder zu entfernen. Sie haben selbst gesehen, wie sehr sie immer noch für ihn eingenommen ist.

Graf. Unbegreiflich!

Baroinn. Schaffen Sie ihn aus dem Wege; damit sie ihn nicht sieht, und folglich vergißt.

Graf. Wie aber?

Baroninn. Durch eine Stelle, durch Connexionen, — durch — Ey Sie müssen auch ein wenig nachdenken.

Graf. Nachdenken! — Ey — Ich denke beständig nach.

Baroninn. Geben Sie ihm eine Geldsumme, mit der Bedingung, daß er von hier geht; ich denke, er wird sie brauchen können.

Graf. Brauchen? gewiß. Er hat ohnehin eine Summe für einen fälligen Wechsel zu bezahlen.

Baroninn. Gut.

Graf. Vor ein Paar Tagen war der Gläu=
biger sogar bey mir; forderte Zahlung oder
Bürgschaft.

Baroninn. Die Sie gaben?

Graf. Gott behüthe! Was gehen mich seine
Schulden an? Er führt ja nicht einmal meinen
Nahmen, folglich habe ich auch von Seiten der
Ehre nichts zu risquiren.

Baroninn. Gut. Lassen Sie den Mann ru=
fen, und sagen Sie ihm, er soll Ihrem Bru=
der mit Arrest drohen, wenn er nicht au=
genblicklich zahlte. Entweder er bittet nun
Sie um die Summe? die Sie ihm zusichern,
mit dem Bedinge, sogleich die Stadt zu verlas=
sen; oder er macht sich von selbst aus dem
Staube. — Auf beyde Art sind wir ihn los.

Graf. Bon! Das Leßtere wäre mir am lieb=
sten. Die Summe ist nicht klein, 200 Ducaten.

Baroninn. Auch habe ich eine herrliche
Idee gefunden für Ihren Plan.

Graf. Welchen Plan?

Baroninn. Sich in Juliens Schlafzimmer
zu stehlen.

Graf. Bon! Welche Idee?

Baroninn. Mein Gemahl ist, wie Sie
wissen, ein leidenschaftlicher Liebhaber vom
Schachspiele.

Graf. Nun?

Baroninn. Ich will dem Portier sagen:
es würde heute Abend die berühmte Schach=
maschine gebracht werden, womit ich meinen
Gemahl überraschen wollte; man soll sie ins

Vorgemach von meinem und Juliens Schlaf=
zimmer bringen. Sorgen Sie für einen Kasten,
in welchem Sie sich verbergen können, und las=
sen Sie sich heute Abend um neun Uhr hieher
tragen.

(Sophie geht eilig ab.)

Graf (küßt ihr die Hand). Ganz vortrefflich,
meine Gnädige!

Baroninn. Und eilen Sie, wegen Ihrem
Bruder; die Zeit ist kostbar.

Graf. Ich werde es sogleich besorgen.

(Im Begriffe zu gehen.)

Baroninn. Und — den Kasten!

Graf (umkehrend). Ja so, den Kasten? wie?
mit Maschine? oder —

Baroninn (halb ärgerlich). Ach nein doch,
ohne Maschine; die Maschine sind Sie.

Graf. Die Maschine bin ich! Bon! (Geht ab.)

Baroninn (auf der andern Seite ab).

Sechster Auftritt.

(Juliens Zimmer wie im ersten Aufzuge.)

Julie allein, kömmt herein, wirft den Schmuck ver=
ächtlich auf einen Tisch, und sich in einen daneben
stehenden Sessel.

Dazu konnte sie mich nöthigen. Ihn selbst
wird man mir nicht aufdringen können. Wie
grausam spielt die Natur mit dem Herzen!
Warum mußt ich einen Gegenstand lieben, der
nie der Meinige werden kann! Nie? O Hoff=

nung! du süße Täuscherinn! steht auch fast Un=
möglichkeit :im Wege: die Liebe nimmt den
schwächsten Faden dir aus der Hand, und
träumt sich so durch's Leben.

Siebenter Auftritt.

Carl. Vorige.

Carl (sieht verstohlen herein). Ist die Luft rein?

Julie. In welchem Verstande?

Carl. Ob niemand fatales hier ist?

Julie. Niemand; kommen Sie nur näher.

Carl. Gibts nichts neues? nichts zu thun?

Julie. Zu thun?

Carl. Das heißt: etwas Schlechtes gut zu
machen, oder was Gutes schlecht zu machen?

Julie. Gut zu machen, eher.

Carl. Ich lasse mir's auch gefallen. (Mit
einem Blicke auf das Schmuckkästchen) Was haben
Sie da?

Julie. Ein Geschenk von dem elenden Bal=
ken, das mir die Tante aufgedrungen hat.

Carl. Dem gefallen Sie auch? ich glaubs;
es kostet mich auch nicht wenig — Sie — be=
stimmteste aller Bräute —

Julie (schnell). O! damit ist's nun ganz aus.

Carl. Wie so?

Julie. Ihr Herr Onkel war hier, und hat
meinem Onkel sein Wort zurück gebracht.

Carl. Was ist das? — Der Graf wünscht,
— mein Onkel will nicht; — jetzt machen die
mir gerade recht Lust Sie zu haben.

Julie. Sie scherzen.

Carl. Nitimur in vetitum! Sie sind hübsch genug: — was meynen Sie denn, daß ich ausgestanden habe, als ich Wendheim die Leiter hielt?

Julie. Ihre Großmuth hob sie —

Carl. Den Teufel auch! es war ein anderes Gefühl das mich hob! Es war mir, als ob lauter Stahlfedern unter den Absätzen wären; die Sehnsucht nach dergleichen peitschte mich so unter dem Fenster herum, daß ich Gott dankte, wie es zu einem kleinen Scharmützel kam.

Julie. Aber — lieber Herr von Ruf! warum forderten Sie denn noch die Wachsamkeit auf?

Carl. Es ging mir zu friedlich zu; ich bin das nicht gewohnt. Ach! — ich habe doch Malheur.

Julie. Wie so?

Carl. Es geht mir dennoch nicht Alles nach Wunsch. — Ich hatte mich so sehr auf eine Bataille gefreut, — und es gab nicht einmal eine elende Plänkeley. — Die Tröpfe von Bedienten — meynen Sie, daß einer das Herz hatte uns anzugreifen.

Julie. Es freut mich, daß es so gut abging!

Carl. Und mich ärgert's. Lange halte ich's so nicht aus; wenn's nicht bald ein Bischen bunter hergeht, kehr' ich's Haus um.

Achter Auftritt.

Sophie. Vorige.

Sophie. Große Neuigkeiten! artige Streiche!

Carl. Geschwind! (Schiebt das Haar von beyden Ohren weg.)

Sophie. Ein guter Genius führt mich von ungefähr ins Zimmer der gnädigen Frau; indem hör' ich den Eingang zu einem recht malitiösen Plane. — Horchen ist sonst etwas Niedriges, — aber der Plan betraf Wendheim, und das hob mich über die Bedenklichkeiten?

Carl. Ein Plan? Wendheim? ich brenne!

Sophie. Nichts Geringeres, als den armen, guten Wendheim auf eine recht schändliche Manier aus der Stadt zu bringen.

Julie. Auf welche Manier?

Sophie. Ein Wechselschuldner soll ihm mit Arrest drohen, und sein schlechter Bruder will nur unter der Bedingung ihm Reisegeld geben, daß er durchgeht.

Julie. Abscheulich! Herr von Ruf, jetzt helfen Sie!

Carl. Aha! jetzt geben Sie wieder gute Worte. Nun wohlan, ich will helfen, und auf die ordentlichste Weise von der Welt.

Sophie (neugierig). Auf welche?

Carl. Ey nun, ich nehme von meinen alten Rechten Besitz, und heirathe Sie selbst.

Julie (sanft und traurig). Wie können Sie mich in einem solchen Augenblicke noch quälen?

Carl. Quälen? wenn ich Sie heirathe? Sie machen mir immer mehr Lust.

Sophie. Glaubst du's ihm? Das weiß ich besser.

Carl. Ja? — meynen Sie?

Sophie. Gewiß! für einen so artigen, gefälligen Sonderling, wäre das viel zu alltäglich.

Carl. Wie das liebliche Kätzchen schmeicheln kann!

Sophie. Geschwind im wahren Charakter!

Carl. Da bin ich. Ich stehe ab; mit der Bedingung, — daß Sie augenblicklich an ihre Stelle treten.

Sophie. Ey wie peremtorisch!

Carl. Das ist im wahren Charakter.

Sophie. Ein wenig Geduld, artiger Herr!

Carl. Davon liegt kein Fünkchen in meinem Charakter. Nu, geschwind!

Sophie. Werden uns besinnen.

Carl. Ganz gut! derweile halte ich mich an diese Braut, und lasse die Sache ihren Gang gehen.

Julie. Liebe Sophie!

Sophie. Nun — lassen Sie nur los! es wird sich finden.

Carl. So? — wie aus Barmherzigkeit? Da bin ich kein Narr. Es bleibt beym Alten.

Sophie (mit gefaltenen Händen). Liebenswürdiger Herr von Ruf! Muster aller unartigen Wildfänge! Krone der Ungezogenheit! ehe Sie meine Freundin mit so gräßlicher Ver=

Beck. Die Schachmaschine. 6

dammniß bedrohen, heben Sie lieber ein Auge auf Ihre Magd!

Carl (wirft sie mit einem Schnupftuche). Gut, Sultaninn! Ihr seyd erhört! Prächtiges Gegenstück! in reizender Form! Jetzt bin ich zu Diensten. Wo soll ich helfen?

Julie. Daß Wendheim weder beschimpft wird, noch flüchten muß.

Carl. Ich will mich für ihn ausgeben, und arretiren lassen.

Julie. Nein, unmöglich!

Carl. Es ist nicht das erstemal!

Sophie. Wo bliebe dann unsere Hülfe? unser Schützer? unser Ritter von der Strickleiter?

Carl. Es ist wahr! also — ja, mit Geld wäre die Sache am leichtesten abzuthun! Teufel, daß ich mit dem Onkel brouillirt bin!

Sophie. Das ist fatal!

Carl. Ah — das wäre auch zu alltäglich! — Still, laßt mich nachsinnen. — (wendet sich nach der Seite des Tisches und sieht den Schmuck.) Herrlich — ich hab's! Wendheim muß frey seyn, und der Graf die Gelbsucht bekommen. (Nimmt den Schmuck.) Ich hab's! Adieu! (Er will ab.)

Sophie. Noch eins! Der Graf wird heute in einem Kasten ins Haus gebracht.

Carl. In einem Kasten? — Wann geschieht das?

Sophie. Heute Abend neun Uhr.

Carl. Göttlich! göttlich! die Entdeckung ist eine Million werth! du kleiner, lieblicher Spion komm her! (Will sie küssen.)

Sophie. Ey fort, unartiger Mensch!

Carl. Was hilft das Sträuben? Wir sind beyde prächtig für einander geschaffen! Ich habe eine schwere Expedition vor, und will mir Courage holen. Allons, was wirds! (Küßt sie halb mit Gewalt) So! (Springt hurtig ab.)

Neunter Auftritt.

Julie. Sophie.

Sophie. Das ist doch der wildeste Mensch, den ich in meinem Leben gesehen habe.

Julie. Aber auch sehr gutmüthig.

Sophie. Ausgelassen wie ein junges Pferd auf der Weide.

Julie. Auch thätig, wenn es gilt. Er mißfällt dir doch nicht.

Sophie. Hm, nein.

Julie. Er gefällt dir sogar?

Sophie. Seine Laune —

Julie. Und sein Herz?

Sophie. Ist auch gut.

Julie. Und — seine Person?

Sophie. Ey, wie neugierig!

Julie. Du gefällst ihm auch.

Sophie. So oben hin im Wurf.

Julie. Nein, ernstlich.

Sophie. Ach, so ein Flattergeist firirt sich nicht.

Julie. Bis der rechte Gegenstand kömmt.

Sophie. Der bin ich nicht.

Julie. Willst du wetten, daß es ihm, troß der Wildheit bald Ernst werden wird?

6 *

Sophie. Ja, ich wette.

Julie. Und — (launig und gutmüthig) daß du ihn nicht verschmähen wirst?

Sophie. Schwätzerinn! du siehst ganz falsch.

Julie. Sophie! sieh mir ins Auge!

Sophie (küßt sie ablehnend mit Munterkeit). Komm zu Tische.

Zehnter Auftritt.

(Graf Balkens Zimmer.)

Graf und Flucht.

Graf. Bestelle Er mir in einer Stunde den Mann, der vorgestern bey mir war.

Flucht. Welchen, Euer Excellenz?

Graf. Den Bürger, in der runden Perrücke, mit dem braunen Rocke, der so unverschämt war, in meinem Zimmer den Hut abzulegen.

Flucht. Ah, den?

Graf. Kennt er ihn?

Flucht. Ja, er ist ein reicher Kerl, ein Negociant, er heißt Kraft, wohnt ganz unten am Walle.

Graf. Was brauch' ich das zu wissen. Bestelle Er ihn.

Flucht. Gut, Euer Excellenz. (Will gehen.)

Graf. Und — Flucht! — was rennt Er denn, wenn ich noch zu sprechen habe?

Flucht (zurück). Befehlen —

Graf. Und — lasse Er auf der Stelle einen Kasten machen, so in der Größe, daß ich ganz

bequem — mit meiner ganzen Figur — darin
sitzen kann.

Flucht. Sitzen?

Graf. Ja; um acht Uhr muß er aber fertig
seyn.

Flucht. Sehr wohl.

Graf. Und, laß Er den Sitz hübsch auspol-
stern inwendig.

Flucht. Was für Holz?

Graf. Mahagony.

Flucht. Das ist nicht möglich.

Graf. Es muß möglich seyn, ich bezahle es.

Flucht. Ich will's versuchen; aber ich fürch=
te, die Zeit ist zu kurz; das Holz ist zu hart.

Graf. Verspreche Er doppeltes Trinkgeld; —
aber auf alle Fälle bestelle Er noch einen von an-
derm Holze. Der muß aber wenigstens so an-
gestrichen werden, daß er die Farbe von Mahagony bekömmt.

Flucht. Gut, Euer Excellenz. (Geht ab, kömmt
aber gleich wieder.) Der Herr Lieutenant von
Wendheim bittet um die Erlaubniß.

Graf. Wer?

Flucht. Der Herr Lieutenant von Wend=
heim.

Graf. Ich wäre nicht zu Hause.

Flucht (ab).

Eilfter Auftritt.

Wendheim. Graf.

Wendh. Für den Bruder wird doch wohl der Graf zu Hause seyn?

Graf. Aber ich habe dringende Geschäfte.

Wendh. Ich werde nicht lange beschwerlich fallen.

Graf. Zur Sache.

Wendh. Bruder! Möge dieses Wort etwas gelten. Alles steht auf dem Spiele. — Ich bin unglücklich!

Graf. Wie kommt das?

Wendh. Vom Zufalle. Das dachte meine Mutter nicht, als sie ihren ältesten Sohn zum erstenmale küßte, daß der jüngste einst darben würde, indeß der älteste im Ueberfluß schwelgt.

Graf. Von Ueberfluß weiß ich nichts. Ein jeder muß sich nach seinen Umständen einrichten; man muß nicht mehr verzehren wollen, als man einzunehmen hat.

Wendh. Wahrlich, ich werde ein tröstlicheres Wort hier hören. Man muß etwas einzunehmen haben, um zehren zu können.

Graf. Das ist Ihre Sache.

Wendh. Ich habe Ihnen keine Schande gemacht. Meine Dürftigkeit entehrt mich nicht. Sie ist nicht meine Schuld. Ich würde meinen Kummer keinem Menschen klagen, als dem Bruder.

Graf. Wem? mir?

Wendh. Wem sonst? Wer hat, außer Ih-

nen, Pflichten, mich aus dem Elende zu be-
freyen? Elend! ja! ich erröthe, indem ich dies
Wort ausspreche! und es ist nicht gut, daß
der Bruder erst ein solch Geständniß erpreßt,
ehe er hilft.

Graf. Hm! Bruder! Bruder? Mein Vater war der Graf von Balken; nach dessen
Tode heirathete die verwitwete Frau Gräfinn
einen gewissen armen Herrn von Wendheim.
Was kann das gräflich Balkensche Haus dafür?

Wendh. (erstaunt). Was sagen Sie?

Graf. Daß es eben nicht der klügste Streich
war, den meine Frau Mutter beging.

Wendh. (beleidigt). Herr Graf! ich habe
Ihre Kränkungen oft ertragen. Eine Kränkung
meiner Mutter ertrage ich nicht. Beschimpfen
Sie unsere Mutter nicht!

Graf. Was verlangen Sie denn eigentlich?

Wendh. Was ich wünsche — sey auch meine letzte Bitte an Sie. Nur — nur Vorschuß
einer mäßigen Summe. — Darum bittet der
Bruder, den Bruder!

Graf. Ich leihe niemals etwas.

Wendh. Auch dem Bruder nicht?

Graf. Nie.

Wendh. Ich bin der Verzweiflung nahe!
mir droht Arrest! Fühlen Sie wenigstens den
Schimpf, wenn auch das Unglück nicht Sie
zu rühren vermag.

Graf. Wir führen nicht einen Nahmen, folglich kann auf mich kein Schimpf fallen.

Wendh. (steigend). Uns gebar eine Mutter!
Die Irokesen theilen den Vorrath mit Frem-

den, welche Mangel leiden! und hier, ver=
sagt ein Bruder dem andern die nothdürf=
tigste Unterstützung!

Graf. Ich sehe gar nicht, wer mich dazu
zwingen kann. Doch — damit Sie sehen, daß
ich nicht unerbittlich bin: ich weiß, Sie sind
200 Ducaten auf Wechsel schuldig; man droht
Ihnen mit Arrest; wenn Sie nun noch heute
diese Stadt verlassen wollen, so will ich Ihnen
ein anständiges Reisegeld mitgeben.

Wendh. (tritt erstaunt zurück). Ist das mög=
lich?

Graf. Das ist Alles, was ich etwa thun
könnte.

Wendh. (außer sich). Ein Bruder den andern
aus der Stadt jagen! Ein Bruder den andern
zum Betrüger, — zum Landstreicher machen?
Fühlst du wohl, Eleuder, das Nichtswürdige
dieses Vorschlags? Wohl, ich bleibe hier, ich
erwarte mein Schicksal, und verachte deine
Hülfe! Mögen sie mich fortschleppen in Arrest;
Tugend und ein reines Gewissen sind meine Be=
gleiter! Dir bleibe dein Gold und Verach=
tung!

Zwölfter Auftritt.

Carl Ruf. Vorige.

Carl. Wohin, Freund? Mit Erlaubniß
Herr Graf. — Ich suche dich.

Wendh. Folge mir, die Luft ist hier ver=
pestet.

Carl. Thut nichts. Der Herr Graf erlauben mir, Dero Connaissance zu machen. — Du sollst deinen Spaß erleben (das letzte bey Seite).

Wendh. (bleibt in einiger Entfernung).

Carl. Um Vergebung! ich habe doch die Ehre?

Graf. Ich bin der Graf von Balken.

Carl. Balken? Der Herr Graf von Balken? Ich habe nicht die Ehre Sie persönlich zu kennen.

Graf (stolz). Ich bedaure.

Carl. Aber von Renommée. Sie nehmens doch nicht ungnädig, daß ich meinen Freund hier, bey Ihnen aufsuchte?

Graf. Kann es wohl geschehen lassen.

Carl. Danke für die gnädige Erlaubniß. Wollen Sie auch wissen, warum ich ihn aufsuche?

Graf. Das geht mich nichts an.

Carl. Ich würde gegen die gute Lebensart verfehlen, wenn ich es Ihnen nicht sagte. Sehen Sie: mein Freund hier ist eine Summe auf Wechsel schuldig.

Graf. So?

Carl. Nun hat der brave Kerl einen Bruder, der eben so reich als stockdumm seyn soll.

Graf (befremdet). Was soll das?

Carl. Und — der Bruder will ihm nicht nur nichts geben, sondern hetzt auch noch so gar seine Gläubiger auf. Ist das nicht infam?

Graf (aufgebracht). Wie kommen Sie dazu —

Carl. Ihnen das zu erzählen? Weil ich

Sie für einen honetten Cavalier ansehe, den eine schlechte Handlung eben so sehr ärgern muß, als mich.

Graf. Das sind boshafte Equivoquen!

Carl. Warum?

Graf (ärgerlich). Dieser sogenannte Bruder, bin ich.

Carl. Ah! das machen Sie mir nicht weiß. Nein, jener Filz muß ein anderer Balken seyn. Sie haben eine viel zu generöse Physiognomie.

Graf. Point de pasquinade! ich bin es selbst!

Carl (verwundert). Den die Welt für einen Geizhals und Dummkopf hält?

Graf. Mein Herr, ich leide keine Beleidigungen in meinem Hause.

Carl Aber anderwärts? Sagen Sie nur wo? ich geh' gleich mit, und sag' sie dort.

Graf. Nirgends. Sie werden so gut seyn, sich zu retiriren.

Carl. Ah beyleibe! Ich weiß, Sie sind so großmüthig, und schenken ihm die Summe.

Graf. Nein, das werde ich nicht.

Carl. Und es ist wirklich Ihr Bruder?

Graf. Von der Mutter, nicht vom Vater; es thut mir leid genug, daß sie sich nachher wegwarf.

Wendh. (will hervor, hält sich aber).

Carl. Sie legen's unrecht aus. Das Wegwerfen geschah vorher. Die Frau Mutter wollte doch gern ein ehrliches Stück Fleisch in der Familie haben; Sie waren nur die Zugabe.

Graf. Quelle impertinence!

Carl. Sie wollen ihm also nicht die Summe schenken?

Graf. Nein, nein!

Carl. Nun, so seyn Sie so gut, und borgen Sie ihm so viel auf Pfand.

Graf. Glauben Sie, daß ich auf Pfänder leihe?

Carl. Ja, so muß ich den Schmuck ins Pfandhaus tragen. Es ist Schade; es wäre ein hübsches Meuble, um Mädchen zu bestechen, die einen sonst nicht leiden können. Sehen Sie? — Die Juwelen sind schön! 4 bis 500 Ducaten unter Brüdern werth. (Zeigt ihn dem Grafen.)

Graf. Wo haben Sie den Schmuck her?

Carl. Was kümmert Sie das?

Graf. Der Schmuck kömmt von mir, und ich fordere ihn zurück.

Carl. Possen.

Graf. Er ist mein, sag' ich Ihnen; und Sie können nur auf eine ganz unerlaubte Art dazu gekommen seyn.

Carl. Was war das? Donner und Wetter! auf unerlaubte Art? Herr, Sie müssen mir Genugthuung geben; und das auf der Stelle! wir schießen uns.

Graf. Ich duellire mich nur mit meines Gleichen.

Carl. Das heißt, mit Strohmännern; recht! da risquiren Sie nichts. (Hat indeß die Terzerolen aus der Tasche geholt) Hier nehmen Sie eins.

Graf. Allez-vous-en, assassin!

Carl. Nehmen Sie! oder ich zeige Ihnen, daß ich mit einem hohlen Kopfe nicht mehr

Umstände mache, als mit einem hohlen Kürbis.
(Schießt blind.)

Graf (springt nach der Schelle und läutet aus allen
Kräften).

Wendh. Ich bitte dich, Freund!

Carl. Sey ruhig, sie sind nicht scharf geladen.

Flucht und vier Bediente (treten nach einander ein, durch die Mittelthüre).

Graf. Ergreift die Leute, sie wollen mich
umbringen.

Bediente (treten vor).

Carl. Der Erste der sich rührt, dem schieß'
ich die Ohren vom Kopfe weg.

Bediente (weichen zurück).

Carl. Jetzt in guter Ordnung durchgeschla-
gen. (Er gibt Wendheim ein Terzerol in die linke Hand)
Du commandirst den linken Flügel. (Nimmt das
andere in die rechte Hand) Ich den rechten. Adieu,
Herr Graf.

Graf (hat sich furchtsam in eine Ecke gezogen).

Carl (wie sie an die Bediente kommen). Platz, Ihr
Schurken! Vorwärts, Marsch!
(Beyde gehen langsam und dicht neben einander, mit
auf die Bediente gerichteten Terzerolen, mitten zwischen den Bedienten durch, und durch die Mittelthüre ab.)

Die Bediente (theilen sich auf beyden Seiten
und machen ihnen Platz).

Vierter Aufzug.

(Hinterhaus am Palaste des Grafen auf einer Seite; der übrige Theil der Bühne ist Straße.)

Erster Auftritt.

Flucht. Zwey Träger mit einem Kasten.

NB. Der Kasten ist so, daß allenfalls ein Mann darin sitzen kann, wie in einem Tragsessel; auch wird er so getragen, mit Stangen, wie eine gewöhnliche Portchaise. Die Thüre ist eben so, wie bey einem Tragsessel, wird auch von innen geöffnet.

Flucht (zu den Trägern). Wartet nur ein Bischen, ich will nur meinen Herrn rufen.

1. **Träger.** Du, ein kleiner Thaler ist zu wenig. Es steckt doch Kalfacterey dahinter.

2. **Träger.** Ich glaub', der Kerl betrügt uns. Der Graf gibt sicher mehr.

1. **Träger.** Glaubs nicht. Er soll ein Knauser seyn.

2. **Träger.** Wir fordern von ihm noch ein Trinkgeld.

1. **Träger.** Wenn er's uns gibt?

Zweyter Auftritt.

Carl Ruf. Vorige.

1. Träger. Da kömmt er ja.

Carl. Aha, seyd Ihr da, Ihr Pagen?

1. Träger. Ja, Ihr Excellenz. Ist's gefällig?

Carl. Natürlich.

1. Träger (öffnet die Thüre).

Carl (im Hineintreten). Ihr wißt doch genau wohin?

2. Träger. Ja, ja, sorgen Sie nur nicht.

Carl. Und was Ihr sagt?

1. Träger. Es wäre die bewußte Schachmaschine.

Carl (setzt sich und schließt von innen zu). Gut.

1. Träger. Du! ist das auch der Rechte? mir deucht, der Grof ist kleiner?

2. Träger. Ich meyn's auch, er ist's nicht.

Carl. Nun, macht fort!

1. Träger. Mit Verlaub; es geht nicht mit rechten Dingen zu.

Carl. Was habt Ihr?

1. Träger. Ah — Wir haben einen Skrupel. Sie sind nicht der Rechte.

Carl (immer noch ohne zu öffnen). Ich bin der Rechte, macht fort!

2. Träger. Ne, ne! Sie sind der Unrechte; steigen Sie nur wieder raus.

Carl. Den Teufel will ich das; macht fort, Ihr Schlingel.

1. Träger. Nicht geschimpft; Er ist der Un-

rechte; und steig' Er nur im Guten wieder her=
aus, oder wir brauchen Gewalt.

Carl (springt schnell heraus). Eure Gewalt will
ich Euch gleich vertreiben! Den Augenblick tragt
mich an Ort und Stelle, oder Euch soll — (zieht
ein Terzerol.)

1. Träger. Ah — was sollen die Dinge?
Wenn wir nun sagen ja, und tragen Sie ins
Wasser?

Carl (im Schäferton). Da habt Ihr wieder
Recht. Diesmal seyd Ihr gescheidter, als ich.
Kommt her, gescheidte Kerls; damit Ihr sehet,
daß ich wenigstens für Euch der Rechte bin:
was bekommt Ihr für den Gang?

2. Träger. Einen kleinen Thaler der Mann.

Carl. Ein Hundegeld! Hier habt Ihr jeder
einen Ducaten; wollt Ihr mich tragen?

1. Träger. In Gottes Nahmen.

Carl. Schön! ein gut Wort findet eine gute
Statt. (Er geht hinein und schließt zu; die Träger
tragen ihn hurtig ab.)

Dritter Auftritt.

Graf. Flucht.

Graf (indem er heraus tritt, zu Flucht, der ihm
folgt). Wo sind sie?

Flucht (hinter ihm). Da.

Graf (sieht sich um). Wo denn?

Flucht. Hier verließ ich sie; sie müssen —
(geht umher und sucht.)

Graf (steht da, und sieht starr vor sich hin).

Flucht (kömmt wieder vor).

Graf (stier und dringend). Hat Er sie gefunden? —

Flucht. Nein, Ihro Excellenz.

Graf (noch dringender). Wo ist denn der Kasten? —

Flucht. Den seh' ich auch nicht.

Graf (eben so). Aber was bedeutet denn das?

Flucht. Den Kerls muß die Zeit lang geworden seyn, während Ew. Excellenz das Spitzenhemd anlegten.

Graf. Es ist ihre Schuldigkeit zu warten.

Flucht. Jawohl; aber nun haben sie's nicht gethan.

Graf. Ja! — Das ist aber impertinent!

Flucht. Freylich, Ew. Excellenz

Graf. Was mache ich aber nun?

Flucht. Ich will geschwind nachsehen, ob der andere Kasten fertig ist.

Graf. Das thue Er, Flucht! — Was für Holz war zu dem Kasten, der — echappirt ist?

Flucht. Einheimisches, Ihro Excellenz.

Graf (verächtlich). Einheimisches? Eh bien, laissons.

Flucht. Geruhen Ew. Excellenz, sich zu gedulden — bis der andere fertig ist; der wird desto mehr Aufsehen machen.

Graf. Aufsehen? Bon.

(Beyde gehen ab.)

Vierter Auftritt.

(Zimmer der Baroninn. Mittelthüre und zwey Seitenthüren.)

Die Baroninn und Julie treten ein.

Baroninn. Hier (auf das Cabinet rechter Hand zeigend) ist künftig dein Schlafzimmer; wir wollen keine ähnlichen Auftritte, wie die von voriger Nacht.

Julie. Wie Sie befehlen.

Baroninn. Du wirst alles nach deiner Bequemlichkeit finden.

Julie Ein Bett; aber keine Ruhe.

Baroninn. Folge des Eigensinnes. Diese Thüre (auf die Mittelthüre zeigend) wird verschlossen; und hier ist, wie du weißt, mein Schlafzimmer; du brauchst also dein Zimmer von innen nicht zu verschließen.

Fünfter Auftritt.

Vorige. Bedienter.

Bedienter. Es sind ein paar Kerl draußen, die tragen einen großen Kasten; sie sagen, sie wären damit hierher bestellt.

Baroninn. Schon recht; sie sollen ihn hierher bringen.

Bedienter (ab).

Baroninn. Es ist die Schachmaschine; ich will meinem Gemahl eine heimliche Freude damit machen.

Beck. Die Schachmaschine. 7

Julie (firirt sie bedeutend). Wirklich? — Er wird außer sich für Freude seyn.

Sechster Auftritt.

Vorige. Die Träger mit dem Kasten. Carl versteckt. Hernach Herr von Ruf von innen.

1. Träger. Da bringen wir einen Kasten; wir sollen nur sagen: es wäre die bewußte Schachmaschine. Wir sind doch recht?

Baroninn. Ja, ja; setzt nur hierher. (Deutet neben Juliens Schlafzimmer.)

Die Träger (setzen ihn ab).

Baroninn. Hier habt Ihr noch etwas für Eure Mühe. (Gibt ihnen ein Stück Geld.)

1. Träger. Danken schönstens!

Die Träger (gehen ab).

Baroninn. Julie, es wird spät, geh' auf dein Zimmer.

Julie. Ich wünsche Ihnen eine sehr ruhige Nacht, gnädige Tante! (Geht ab.)

Baroninn (verriegelt Juliens Zimmer von außen). Diese Vorsicht kann nicht schaden. (Geht an den Kasten und klopft) Sind Sie darin?

Carl (inwendig). Ja.

Baroninn. Wollen Sie nicht Luft schöpfen?

Carl (springt schnell heraus). Gar zu gern!

Baroninn (schreyend). Ah! — Wer sind Sie?

Carl. Eine berühmte Schachmaschine, die noch alle ihre Gegner matt gemacht hat.

Baroninn. Wie kommen Sie hierher?

Carl. An Graf Balkens Stelle.

Baroninn. Also kennen Sie den Grafen?

Carl. Wahrhaftig! — Wir sind die besten Freunde; wie käme ich sonst hierher?

Baroninn. Ihre unerwartete Erscheinung bringt mich ganz aus der Fassung.

Carl. Das freut mich!

Baroninn. Ich muß wissen, wer Sie sind?

Carl. Mein Nahme ist: »Allüberall;« mein Geschäft, dem Frauenzimmer so viel möglich Spaß zu machen, und den Männern den Spaß zu verderben.

Baroninn. Ein sonderbarer Charakter.

Carl. Ja, das Sonderbare ist eben meine Sache.

Baroninn. Aber es ist doch unschicklich — so spät —

Carl. Mit dem Schicklichen halt' ich mich nicht auf; — der Zufall war mir günstig; er führt mich schnurgerade zu einem schönen Frauenzimmer.

Baroninn. Das ist verbindlich! Aber die Decence verbeut doch gleichwohl —

Carl. Was ich sage, ist wahr. Vor der Wahrheit streicht die Decence die Segel. Ist das Gesicht etwa nicht schön? und doppelt schön, wenn das alles die Natur so geschaffen hat, wie es denn gewiß vorauszusetzen ist.

Baroninn (coquettirend). Sie scherzen.

Carl. Und der Wuchs*) — o! der ist vollends zum bezaubern.

---

*) Die satyrische Laune gewinnt um so viel mehr,

7 *

Baroninn (für sich). Wie angenehm schmeichelnd.

Carl. Ich brenne lichterloh! Holde Göttinn! wollen Sie mich erhören!

Baroninn. Wie kann man so ungestüm — so unartig —

Carl. Ich kann die Umschweife nicht leiden. Also — Schach der Königinn. (Faßt ihre Hand.)

Baroninn. Sie sind so zudringlich — diese Zeit — meine Verlegenheit — ah! (Präparirt sich zur Ohnmacht.)

Carl. Was fehlt Ihnen?

Baroninn. Dieser unerwartete Auftritt — ich weiß nicht — es wird mir immer schlimmer — (Sinkt mit Coquetterie und fingirter Ohnmacht auf einen Sessel.)

Carl (ohne sie anzurühren, beobachtet sie, lächelt, und wie sie sinkt, läuft er schnell zur Maschine und schließt sich ein. Lange Pause).

Baroninn (sieht sich endlich um). Wo sind Sie?

Carl. Im Kasten.

Baroninn. Was machen Sie da?

Carl. Ich bin geflüchtet.

Baroninn. Vor was?

Carl. Vor der Ohnmacht.

Baroninn. Aber ist das auch höflich? ein Frauenzimmer, das in Ohnmacht fallen will, zu verlassen?

Carl. Es ist gegen meine Natur. Blut, so

je entfernter von dieser Schilderung die Schauspielerinn sich zu halten sucht.

viel Sie wollen, kann ich sehen, nur keine Ohn=
machten.

Baroninn. Aber jetzt bitt' ich, mir genau
zu sagen, wer Sie sind, und wie Sie hierher
gekommen?

Der alte Ruf (von innen). Er muß hier
seyn. —

Baroninn. Gott, wir werden überrascht.

Carl. Von wem?

Baroninn. Ich glaube, von meinem Manne.

Carl. In Gottes Nahmen, ich fürchte mich
gar nicht.

Baroninn. Ich bin des Todes!

Carl. Warum?

Baroninn. Er ist so eifersüchtig.

Carl. Gut!

Baroninn. Er wird wüthend.

Carl. Herrlich!

Baroninn. Er wird Sie mißhandeln.

Carl. Ganz vortrefflich! Mehr Gelegenheit
zu Aufsehen finde ich im Leben nicht.

Der alte Ruf (von innen — näher als zuvor).
Hilft nichts, ich will und muß hinein.

Carl. Mein Onkel? da gibts noch mehr
Spaß.

Baroninn (für sich). Der alte Ruf; das
wäre noch ärger. (Zu Carl) Ich bitte Sie
um alles in der Welt.

(Zugleich.)

Carl. Ja, mein girrendes Täubchen, weil
Sie so schön bitten, zieh' ich mich in meinen
Käfig zurück. (Geht in den Kasten.)

Baroninn (riegelt die Mittelthüre auf).

Siebenter Auftritt.

Der alte Ruf. Vorige. Hernach Baron
von innen.

Baroninn. Ey, Herr von Ruf, wer wird
so spät die Damen überfallen?

Ruf. Ah — ich thue Ihnen nichts zu leid,
das glauben Sie mir.

Baroninn. Was suchen Sie denn?

Ruf. Meinen Neffen.

Baroninn. Bey mir?

Ruf. Das so eigentlich nicht.

Baroninn. Wo denn?

Ruf. Bey seiner Braut, oder beym Teufel;
ich weiß sonst keinen andern Platz mehr.

Baroninn. Wie kommen Sie auf die Idee?

Ruf. Weil ich ihn seit drey Stunden überall
vergebens suchte; hörte, daß er gestern und
heute schon einigemal da war, — und fest
ent — —

Baroninn. Aber wie reimt sich das mit
der Schilderung von heut?

Ruf. Das weiß ich selbst nicht.

Baroninn. Ob er gleich nicht hier ist; so
versichere ich Ihnen doch, daß meine Meinung von ihm die richtigere ist.

Ruf. Wenn ich ihn nur nicht selbst gesprochen hätte?

Baroninn. Warten Sie's ab, und Sie
werden mir Recht geben; er ist zuverlässig einer der wildesten ausgelassensten jungen Männer in Europa.

Ruf. Ach Gott! wenn das wäre, — er sollte von mir haben, was er nur wünschen möchte!

Carl (öffnet ein wenig den Kasten, und ruft). Va!

Ruf (nach der Seite). Was war das?

Baroninn. Nichts.

Ruf. Ey behüte! eine Stimme war's.

Baroninn. Warum nicht gar.

Ruf. Ja; positiv! — und wo ich nicht irre, kam sie aus diesem Kasten.

Baroninn. Sie träumen, Herr von Ruf.

Ruf. Nein, nein, nein! der Kasten ist lebendig.

Baroninn. Was das für Zeug ist!

Ruf. Was macht er denn hier?

Baroninn. Der Kasten?

Ruf. Ja, der Kasten.

Baroninn. Nun, ich will's Ihnen wohl sagen; Sie müssen mir aber versprechen, es vor meinem Manne geheim zu halten.

Ruf. So? nun, geschwind.

Baroninn. Haben Sie nie von dem berühmten Kunstwerk gehört, der Schachmaschine? die dem stärksten Mitspieler abgewinnt?

Ruf. Des Herrn von Kempelen?

Baroninn. Ja. Dies ist sie. Sie ist ein Geschenk für meinen Mann. Sie kennen ihn, als einen leidenschaftlichen und starken Schachspieler, der selten einen Gegner findet, der ihm gewachsen wäre; nun will ich ihn durch dieses Kunstwerk überraschen.

Ruf. Der wird teufelmäßig überrascht werden! Nicht wahr, die Maschine hat Stahlfedern?

Baroninn. Ich kenne ihre Zusammensetzung nicht.

Ruf. Wollen Sie einmal untersuchen.

Baroninn (verhinderts eilig). Beyleibe nicht.

Ruf. Warum nicht?

Baroninn. Sie möchten etwas verderben.

Ruf. Ich? — o gehen Sie! — Aber Sie sind doch recht attent gegen Ihren Mann, daß Sie ihm so ein berühmtes Kunstwerk verschaffen. Ha, ha, ha! eine Maschine mit Springfedern, ha, ha, ha!

Baroninn. Wie können Sie nun darüber so lachen?

Ruf. Es ist gar zu galant! und die Sorgfalt! sie dicht neben Ihr Schlafzimmer zu stellen, damit ihr ja nichts leids widerfährt. (Lacht stärker.)

Baroninn. Warum denn nicht? — eine Maschine? ein Spielwerk?

Ruf (immer lachend). Freylich! freylich! ein Spielwerk! mit Springfedern! eine Maschine, die sich bewegt und einen Laut von sich gibt! (Lacht ausgelassen.)

Baroninn. Herr von Ruf, Sie werden mich böse machen! Ich will doch nicht hoffen, daß Sie etwas Arges darunter denken.

Ruf. O nein; ganz und gar nicht. Aber curiôs bin ich im höchsten Grade! (Will durchaus hin.)

Baroninn (verhinderts mit Haftigkeit). Herr von Ruf, ich verbitte mirs schlechterdings!

Baron (inwendig). Was macht er denn so spät bey meiner Frau?

Baroninn (für sich). O weh, mein Mann!

(Laut und ängstlich) Herr von Ruf, ich bitte recht sehr!

Achter Auftritt.

Baron. Vorige.

Baron. Was bringt dich denn so spät zu uns?

Ruf. Ich suche meinen Neffen.

Baron. Was? am Schlafzimmer meiner Frau?

Ruf. Gelt, das kömmt dir besonders vor? Du bist doch nicht etwan eifersüchtig?

Baron. O nein!

Ruf. Hast's auch nicht Ursache. Du hast eine Frau! — eine Frau! — die du nicht verdienst!

Baron (mit einem Seufzer). Das weiß Gott!

Ruf. Ein Muster von Artigkeit und Gefälligkeit!

Baron. Das weiß ich.

Ruf. Ja, wenn du erst alles wüßtest?

Baroninn (winkend). Herr von Ruf!

Ruf (fährt fort). Wie besorgt sie ist, dir heimliche Freude zu machen! Kennst du die berühmte Schachmaschine? die von selbst spielt?

Baron. Ich habe davon gehört.

Ruf. Da steht sie.

Baron (sieht hin, — sehr verwundert). Ist das Spaß oder Ernst?

Carl (springt plötzlich hervor). Ernst! — Schach dem König!

(Die Alten drücken Erstaunen aus und die Baroninn Scham und Verlegenheit.)

Baron. Was ist das?

Ruf. Mein Carl, so wahr ich lebe!

Baron. Dein Carl?

Ruf. Junge, wie kömmst du hierher?

Carl. Auf meine gewöhnliche Art, krumm und närrisch genug! Hier sehen Sie den Philosophen von gestern Morgen, den Polizeybedienten von gestern Abend, — und — die berühmte Schachmaschiene der gnädigen Frau! — alles in einer Person!

Ruf. Junge, reitet dich der Teufel?

Carl. Freylich Onkel, ich bin sein Leibpferd.

Ruf. Hat man jemals so viel verdammte Streiche in zweymal vier und zwanzig Stunden erlebt? als dieser einzige — Komm her und küsse mich, du haupt = und staats = wilde Seele! du hast alle meine Erwartungen übertroffen! Fordre von mir, was du willst.

Carl. Topp, Onkel! Es kommt schon.

Ruf. Aber hör' einmal, was war denn das für ein Einfall mit der Philosophie?

Carl. Zu überraschen; Sie hatten durch Briefe so viel erfahren; mir blieb nichts übrig, als Verstellung.

Ruf. Mit Erlaubniß: die Polizey = Rolle! die war über meine Erwartung! Aergert mich erst mit Ehrbarkeit, daß ich aus der Haut fahren möchte, und nachher wirft mich der Höllenbrand — das war aber doch verflucht frech! mich so — mir nichts dir nichts zum Garten hinaus zu buchstabiren.

Carl. Der Seltenheit wegen; wir sind ein paar miraculöse Leute, Onkel; ein Neffe, der so etwas wagt, ist nicht seltner als ein Onkel, der so etwas leidet.

Baron. Endlich werd' ich wohl auch zum Worte kommen. Sagen Sie, junger Herr, wie kommen Sie hierher?

Carl. Durch Tausch; Graf Balken hatte den Kasten bestellt, um unbemerkt ins Haus zu kommen; ich kam ihm zuvor, und setzte mich hinein.

Ruf. Das ist die Krone auf alle deine Streiche, Carl! (Zur Baroninn) Ein herrliches Kunstwerk! nicht wahr, gnädige Frau?

Carl. Ihro Gnaden sind nicht stark in dem Spiele; beym ersten Schach wurden Sie schon matt.

Baroninn. Ihre liebenswürdige Dreistigkeit, Herr von Ruf, ist so angenehm mit Unverschämtheit gemischt, daß ich genöthigt bin, mich zu entfernen. (Ab.)

Carl (sieht sich indeß nach einer Schelle um).

Neunter Auftritt.

Vorige, ohne Baroninn. Hernach Bedienter. Zuletzt Julie aus dem Cabinet.

Baron. Bey alle dem wars aber doch ein sehr muthwilliger Streich, junger Herr!

Carl. Mein Gott! was will man machen, wenns nichts Bessers zu thun gibt!

Ruf (zu Carl). Was hat denn der miserable Graf eigentlich hier gewollt?

Carl. Meine Braut verführen.

Ruf. Und du kamst ihm zuvor? Herrlich! Nun Carl, hundert tausend Reichsthaler und das Mädchen sind dein.

Carl. Soll mich Gott bewahren! — Was mir angeboten wird, nehme ich mein Lebtage nicht. (Klingelt.)

Ruf. Laß jetzt einmal die Possen, und mach Ernst.

Carl. Meiner Seele, es ist mein Ernst! Ich mag meine Braut nicht, aber sie mag mich auch nicht. Jedes hat schon seinen Theil. (Klingelt.)

Baron. Was wollen Sie machen?

Carl. Lauter schöne Sachen.

Bedienter (kömmt).

Carl. Fräulein Sophie und Compagnie mögten sich doch hierher bemühen, es wäre so gut als richtig.

Bedienter (ab).

Baron. Was bedeutet das wieder?

Carl. Eine Partie Schach; die Steine müssen doch alle auf dem Brete stehen; Ihre Königinn ist zwar fort, aber wir spielen doch weiter.

Baron (zu Ruf). Der Mensch ist doch wirklich wie vom Teufel besessen.

Carl (ist unterdessen an Juliens Zimmer gegangen, hat aufgeriegelt). Kommen Sie schöne Braut!

Baron. Ey, Sie wissen ja gar zu gut Bescheid.

Carl. Ich bin auch ein Sonntagskind.

Zehnter Auftritt.

Sophie. Wendheim. Vorige.

Carl. Die Figuren sind beysammen; jetzt fängt das Spiel an.

Baron (zu Wendheim ernsthaft). Wie kommen Sie hierher?

Carl. Wie kommt er? durch meinen Mantel und die Parole.

Baron. Welche Parole?

Carl. Der Bräutigam aus der Fremde; so bin ich gestern und heute aus und ein geschlupft.

Baron. Welche verdammte Streiche! (Zu Wendheim) Was wollen Sie aber hier?

Carl. Viel! Eine Ihrer besten Figuren; (nimmt Juliens Hand) das will er.

Baron (ernst). Daraus wird nichts.

Carl. Warum?

Baron. Er hat gar kein Vermögen; er kann keine Frau glücklich machen.

Carl. Nicht? mit diesem ehrlichen Gesicht? nicht mit dieser geraden unbefleckten Seele, die ihm zu den Augen heraus sieht? Sie sind reich, alter Herr, Sie haben Verstand und ein Herz; danken Sie Gott, daß er Ihnen Gelegenheit gibt, einen edlen Unglücklichen, der sonst verzweifeln müßte, zum nützlichen Gliede der Gesellschaft machen zu können! Mein Onkel will mir hundert tausend Rthlr. geben; wie gern gäb' ich ihm die Hälfte; aber das wäre zu gut für einen Kerl, wie ich bin. Thut Ihr das Gute, Ihr Herren; laßt mich immer das Schlimme thun. Nu — wer hat das beste Herz? — Onkel — der brave Kerl hat mich einst aus Sclaverey gerettet; Sie werden schon die Ranzion ersetzen.

Ruf (zum Baron). Was muß er haben, wenn du ihm deine Julie geben willst?

Baron. Nichts. Verhandeln will ich meine Nichte nicht. Und — da ich selbst nicht glücklich seyn kann, möchte ich freylich wohl andere glücklich machen. Glaubst du (zu Julien) mit ihm glücklich zu werden?

Julie. Ganz glücklich, lieber Onkel.

Baron. In Gottes Nahmen. So nimm ihn hin.

Wendheim und Julie (frohe und innige Bewegungen des Dankes gegen die beyden Alten).

Sophie (zu Carl). Prinz Ungestüm! empfangen Sie meine Huldigung! Für diese schöne Handlung dürfen Sie schon wieder ein ganzes Jahr sündigen.

Carl. Soll geschehen.

Wendh. Edler Freund!
Julie. Würdiger junger Mann!

Carl. Still, still — ich hab' nichts gethan, gar nichts. Beyleibe nichts von gut und edel — Ihr bringt mich ja sonst um meine ganze Renommee.

Eilfter Auftritt.

Die Vorigen. Bedienter.

Bedienter. Es sind schon wieder zwey Kerls draußen mit so einem Kasten; sie sagen, es wäre die bewußte Schachmaschiene.

Baron. Noch eine Maschine! führt mir denn der böse Feind heute lauter Maschinen ins Haus!

Carl (jauchzend). Das ist die eigentliche! der Inbegriff aller menschlichen Maschinen und maschinenmäßigen Menschen! der Graf selbst!

Bedienter. Die Träger fragen nach der gnädigen Frau. Was soll ich —

Baron. Sie sollen zum Teufel gehen!

Carl. Das heißt, hierher! in dies Zimmer hier; hier ist der Teufel!

Baron. Nein, nein, nein, junger Herr! Endlich will ich einmal Herr in meinem Hause seyn.

Carl (bittend). Kaiser, Mogol, Sultan, so bald ich fort bin; nur diesmal noch lassen Sie mir meine Freude!

Baron. Nein.

Carl (eben so). Ich bitte Sie um alles in der Welt! Ich vergeb' es Ihnen in der Sterbe=stunde nicht, wenn Sie mich um den Spaß brin=gen.

Ruf. Freund! thu' uns den Gefallen!

Baron (halb unwillig). Nun, meinetwegen! sie mögen den Kasten herein bringen!

Bedienter (ab).

Zwölfter Auftritt.

Vorige, ohne Bedienter.

Carl. Jetzt haben wir den Marder in seiner eigenen Falle. Ich bitte, lassen Sie mich ge=währen. Leid soll ihm nicht geschehen; aber

ängstigen will ich ihn, daß er aqua tophana
schwitzen soll.

Dreyzehnter Auftritt.

Vorige. Zwey andere Träger mit dem
neuen Kasten, in welchem der Graf sitzt.

Carl (zu den Trägern). Hierher!

Die Träger (setzen den Kasten auf Carls An-
ordnungen dem andern gegenüber).

Carl (gibt ihnen Geld. — Sie gehen ab).

Baron. Was soll der Kasten hier?

Sophie. Ich wills Ihnen nur gestehen. Es
ist die berühmte Schachmaschine des Herrn von
Kempelen. Ihre Frau Gemahlinn wollte Ihnen
eine heimliche Freude damit machen.

Carl. Und das glauben Sie? Die Maschine
kenne ich, sie sieht ganz anders aus. In Eng-
land schleichen sich die Spitzbuben so in die Häuser. Ich wette, es sitzt so ein Tagedieb drin.

Ruf. Ja, ja, das ist möglich!

Carl. Machen Sie nur auf.

Julie. Nein, ich fürchte mich!

Sophie. Wir wollen fort.

Carl Beyleibe nicht. Der Kerl ist im Stande
und schneidet Ihnen im Bette die Hälse ab. Er
muß heraus.

Sophie. Lassen Sie's seyn.

Baron. Warten wir bis morgen.

Carl. Nichts da! Heraus muß er! Unserer
sind genug. (Thut, als wollte er öffnen.) Man
kann nicht von außen. Kommt gutwillig heraus,

Herr Spitzbube, daß man Euer Gesicht sieht. (Allgemeine Stille.) — Es rührt sich nicht. (Hebt den Kasten.) Es ist was drin — Mensch oder Thier — das ist gewiß! und da es nicht gutwillig heraus geht, — will ichs schon heraus jagen. (Er zieht eine Pistole.)

Julie. Halten —

Carl (leise). Nicht geladen! (Er setzt die Pistole an den Kasten und schießt).

Graf (inwendig, aus vollem Halse). Ah!

Carl. Es lebt noch! Hab' ichs nicht gesagt? ein Dieb! Heraus, oder ich schieße noch einmal!

Graf (öffnet den Kasten, und kommt halb zitternd halb gravitätisch heraus).

Alle. Der Graf!

Graf. Oui, me voilà!

Ruf (lachend). Was Teufel! machen Sie in dem Kasten?

Graf (betrachtet und befühlt sich). Bin ich blessirt?

Baron. Ich hoffe nicht.

Graf. Ja, ja, ich muß irgendwo blessirt seyn.

Carl. Lassen Sie sehen; — ja wahrlich!

Graf (ängstlich). Wo? wo denn?

Carl. In den Haarbeutel. Die Kugel ist mitten durchgegangen. Einen Zoll höher, hätte sie Ihnen den ganzen Verstand mitgenommen.

Graf. Ah malheureux que je suis!

Baron. Was wollen Sie aber hier?

Graf. Ich —— ich —— wollte —

Carl. Das Gedächtniß ist fort. Seine Excellenz müssen doch am Gehirne verletzt seyn.

Beck. Die Schachmaschine.   8

Graf (greift an Kopf). Am Gehirn?

Carl. Ich rathe Ihnen, gehen Sie gleich nach Hause.

Graf. Nach Hause? oui!

Carl. Und lassen Sie sich eine Ader öffnen.

Graf. Eine Ader?

Carl. Aber wohl zu merken, am Kopfe!

Graf. Am Kopfe? — Bon! (Ab.)

Baron. Jetzt bin ich ihn hoffentlich auf ewig los. Ich dächte, wir schieden.

Carl. Halt! halt! ich bin noch lange nicht fertig. Sie haben meine Braut weggegeben; jetzt schaffen Sie mir auch eine andere.

Baron. Suchen Sie selbst.

Carl. Gut; wer sucht, wird finden. (Zu Sophie) Nun, wie stehen wir zusammen?

Sophie (launig). Schlecht!

Carl. Schlecht? Das freut mich! das heißt: wir werden Mann und Frau.

Sophie. Beyleibe!

Ruf. Pst, pst! Carl!

Carl. Sie sind eine öffentlich getadelte Schriftstellerinn, an mir läßt die Stadt kein gutes Haar; passen wir nicht herrlich zusammen?

Sophie (lachend). Von der Seite.

Carl. Gut, also ists richtig? Sie sinds zufrieden?

Sophie (launig den Kopf schüttelnd). Ganz und gar nicht.

Carl. Versteh' schon; das heißt: herzlich gern. Da hab' ich die Braut; jetzt, Herr Vermund, sagen Sie ja.

Ruf. Halt, Wildfang, ich thu' Einspruch! es ist mein Mädchen.

Carl. Ihr — ? o gehen Sie.

Ruf. Sprechen Sie selbst, Fräulein.

Sophie. Wahrhaftig! der Herr von Ruf erzeigt mir die Ehre, mich anzubeten.

Carl. Das thut nichts; das dürfen Sie als Onkel auch.

Ruf. Ich bin ihr Erklärter —

Carl. Blitz! jetzt errathe ich, warum Sie — Onkel nehmen Sie sich in Acht, ich schicke Ihnen sonst wieder den Polizeybedienten von gestern Abend.

Ruf. Ja, ich will dich! — aber ich bin doch wahrlich! bis zum Sterben verliebt —

Carl. Sie habens nicht recht beobachtet; es war Onkels Liebe, zur künftigen Nichte. Komm' her, lieb' Mädchen, küß' ihn einmal.

Sophie (küßt ihn).

Carl. Sehen Sie wohl den klaren Profit. Das haben Sie jetzt umsonst, und brauchen nicht darum unter dem Fenster zu promeniren.

Ruf. Das ist das Kostbarste! aber nimm's auch, und meinen Segen dazu.

Wendh. Und meinen herzlichsten Glück=wunsch.

Julie (küßt Sophie). Meine Prophezeihung, liebe Freundinn!

Carl. Halt!

Ruf. Was ist?

Carl. O alle Wetter, das geht nicht!

Ruf. Was denn?

Carl. Mit unserer Heirath. — Einigkeit,

8 *

Segen, Glückwünsche, — gerade wie alle Phi-
lister heirathen! Gehorsamer Diener, daraus
wird nichts.

Ruf. Was willst du denn?

Carl. Erst noch ein Bischen Spectakel! (Zu
Sophie) Nicht?

Sophie. Wenn Sie meynen?

Carl. Freylich; für unsere Charaktere sind
wir viel zu friedlich übereingekommen.

Ruf. Laß dir's doch lieb seyn, Narr.

Carl. Ey, behüt' mich mein Gott! das wär
schön! Nein, da ist Wendheim ein anderer Kerl!
Der hat doch erst ein Bischen klettern und sich
abhetzen müssen. Aufsehen! — Aufsehen müssen wir erst noch machen! sonst — Ah! still!
mir fällt was ein. So gehts. Wissen Sie was?
(Zu Sophien) Sie schreiben erst noch ein Schau-
spiel; es wird aufgeführt; ich und einige meines Gelichters machen Cabale und pfeifen es
aus; die honette Partie wirft uns zum Hause
hinaus, — und den andern Tag lassen wir
uns trauen.

Ende.

Die unterbrochene Whistpartie,

oder:

Der Strohmann.

Lustspiel in zwey Aufzügen,

von

Carl Schall.

Personen.

Gräfinn Klausner.

Emilie, ihre Nichte.

Frau von Trümmer.

Baron Scarabäus.

Herr von Bern.

Kammerherr von Zunder.

Franz, Bedienter der Gräfinn.

Erster Aufzug.

(Zimmer mit zwey Mittelthüren und einer Seitenthüre. Letzterer gegenüber ein Fenster. Vorn auf der einen Seite ein großer Stehspiegel, auf der andern Seite ein Toilettentisch.)

Erster Auftritt.

Gräfinn Klausner im Morgenanzuge, ungeschminkt, kommt durch die Mittelthüre, geht an den Toilettentisch und klingelt.

Franz (tritt durch die Mittelthüre links).

Gräfinn. Was ist die Glocke?

Franz. Neun Uhr.

Gräfinn. Schon? (Für sich) Ich kann mich an das frühe Aufstehen gar noch nicht gewöhnen, und doch gehört es zu meiner Rolle. (Zu Franz) Gibt es schon etwas an mich?

Franz. Diese beyden Rechnungen vom Schneider Brand und Sattler Wunderlich, und dieses Billet vom Galanteriehändler Groß.

Gräfinn (für sich, nachdem sie die Papiere flüchtig übersehen und sie in einen Schub des Toiletten-

tisches gelegt hat). Der Herr Galanteriehändler
handelt doch sehr ungalant, mich so derb zu
mahnen. Es ist wahrhaftig die höchste Zeit zu
einer Verbesserung meiner Finanzen, und einen bessern Finanzminister als den Consin möchte
ich schwerlich finden. Wenn er es nur erst wäre,
er soll schon zu thun bekommen. (Zu Franz) Ist
Herr von Bern noch zu Hause?

Franz. So eben ist er ausgegangen, wird
aber bald zurückkommen. Er hat mich schon
zweymal gefragt, ob die gnädige Gräfinn noch
nicht zu sprechen wären. Er wird vermuthlich
Abschied nehmen wollen; denn Johann sagte
mir eben, sein Herr und er würden diesen Morgen abreisen.

Gräfinn. Nicht möglich! Herr von Bern
hat mir ja gestern Abend kein Wort von einer
Abreise gesagt.

Franz. Er mag sich auch wohl erst heute
dazu entschlossen haben. Es ist vor zwei Stunden ein Bote vom Lande mit Briefen an den
gnädigen Herrn gekommen, und da hat er dem
Johann sogleich Ordre zum Einpacken gegeben.

Gräfinn (für sich). Unbegreiflich!

Franz. Befehlen Sie das Frühstück?

Gräfinn. Nein, ich habe jetzt keinen Appetit. Pass' Er nur auf den Cousin, und meld' Er
mirs, sobald er zurück ist.

Franz (ab).

Zweyter Auftritt.

Gräfinn.

Diese plötzliche Abreise, was kann sie bedeuten? — Briefe vom Lande? — Sollte meine Befürchtung einer Rivalinn sich doch bestätigen? — Etwa ein pausbäckiges Landfräulein, die durch ein billet-aigre voll zärtlicher Vorwürfe mir den Vetter entlockt? Aber als der gefällige Justizrath mir verrieth, daß der selige Onkel es dem Cousin zur Gewissenssache gemacht habe, mich zu heirathen, wenn er mich dieser Ehre würdig fände, da schrieb er mir ja ausdrücklich, Bern kenne den Amor nur aus der Mythologie. Wäre er also wirklich in eine andere als in mich verliebt, so könnte er es erst hier in der Stadt geworden seyn. Aber wo und wann und in wen? Er wohnt hier im Hause, hat glücklicher Weise hier am Orte gar keine Bekanntschaften, und ist mir fast nicht aus den Augen gekommen! Doch muß es eine Ursache haben, daß er so lange mit seinem Antrage zögert. Ich mach' es ihm doch wahrhaftig nicht schwer. Spiel' ich dem Landjunker — oder vielmehr seinen fünfmalhunderttausend Thalern zu gefallen — nicht eine förmliche Komödie? Hab' ich nicht einen wirklichen Aufwand von List und Aufmerksamkeit anwenden müssen, um meine Rolle ungestört von unberufenen Zuschauern und Mitspielern durchführen zu können? Habe ich mir nicht sogar meine Heirath mit dem Cousin von der alten, tauben Kartenschlägerinn aus dem Kaffehsatz wahrsagen lassen? Und doch sollte meiner oft= bewährten Liebenswürdigkeit der Sieg über ein solches Bürschchen entgehen? Den kann mir nur eine Nebenbuhlerinn streitig machen! Sollte — es ist mir wohl schon eingefallen — sollte ich Emilien zu fürchten haben? Aber hab' ich sie nicht wohlweislich aus dem Hause entfernt, seitdem der Cousin in der Stadt ist? Sie haben sich kaum ein paarmal gesehen und gesprochen. Solch dummes, junges unschuldiges Volk bedarf freylich oft nur eines Augenblicks, um sich so recht komödienmäßig in einander zu verlieben, und als ich sie vorgestern auf dem Saale zusammen sprechen sah, machte der cher cousin ein Paar so feurige Augen, wie er sie vis à vis von mir noch nicht gemacht hat. Das Mädchen hat eine so impertinente fraicheur — (ihr Blick fällt auf den Spiegel.) — Apropos de fraicheur, ich muß nur bald einige Rosen auf diese Wangen zaubern, denn ich habe heute nicht meinen beau jour, und ein air languis- sant paßt nicht für den derben Geschmack meines ländlichen Rinaldo. (Sie fängt an sich zu schminken.)

Dritter Auftritt.

Gräfinn. Emilie.

Emilie (der Gräfinn die Hand küssend). Guten Morgen, liebe Tante!

Gräfinn. Warum läßt dich denn Franz un= angemeldet herein, und was willst du denn überhaupt in der Stadt?

Emilie. Ich will heute anfangen an Ihrem neuen Hauskleide zu nähen, und da hab' ich mir nur Zwirn geholt.

Gräfinn. Es scheint, der lange Weg von Majors Garten bis hierher hat ganz besondere Reize für dich, da du ihn in so schlechtem Wetter wegen einer so unwichtigen Ursache machst.

Emilie. Ich will doch auch von Zeit zu Zeit sehen, wie Sie sich befinden. Es grassiren jetzt so viele Fieber.

Gräfinn. Nun ich bin, wie du siehst, dem Himmel sey Dank noch ganz fieberfrey.

Emilie. Soll ich denn noch lange draußen wohnen?

Gräfinn. Das wird auf Umstände ankommen. Es kann seyn, daß ich dich noch heute hereinholen lasse, denn du fehlst mir sehr, da Franz und die Kammerjungfer noch neu und sehr ungeschickt sind.

Emilie. So lassen Sie mich doch lieber bald hier bleiben.

Gräfinn. Nein, nein! Jetzt mußt du fort. Es scheint dir ja bey Majors gar nicht recht zu gefallen.

Emilie. Es kommen jetzt täglich so viele Lieutenants vom Regiment hinaus, und da wird mir manchmal so Angst.

Gräfinn. Sey nicht so albern. Ein Mädchen von Tact muß sich durch eine ganze Sonntagsparade von Officieren nicht embarrassiren lassen, und dich setzen so ein Parr Lieutenants schon in Angst, und noch dazu in Gesellschaft der Majorstöchter.

Emilie. Ach die!

Gräfinn. Ach die! Was soll der Ton bedeuten?

Emilie. Ich meyne nur, die sind die vielen Herren schon gewohnt.

Gräfinn. Du sollst dich auch daran gewöhnen lernen, und endlich einmal deine übertriebene Blödigkeit ablegen. Wie du auch wieder coeffirt und angezogen bist. Die Haare nicht à la chinoise, verhüllt bis an den Hals wie eine Herrnhuterinn. Wozu hast du denn dein angenehmes Embonpoint, wenn du es mit Gewalt verstecken willst. Du bist auch wieder nicht geschnürt.

Emilie. Es stand neulich im medicinischen Wochenblatt, das Schnüren sey sehr schädlich.

Gräfinn. Dummes Zeug! Deine Toilette sollst du nach dem Modejournal, und nicht nach dem medicinischen Wochenblatt einrichten. Deiner Taille kannst du schon einen Theil Gesundheit aufopfern. Du hast so zu viel! Geh und komm mir nicht wieder ungeschnürt vor die Augen. Grüße die Majorinn und die Fräuleins. Nun worauf wartest du denn noch?

Emilie. Ach liebe Tante — (stockt)

Gräfinn. Was gibts? Fasse dich kurz, denn ich habe jetzt weder Zeit noch Lust zu einer weitläuftigen Conversation mit dir.

Emilie. Es hat mich außer den Lieutenants — noch etwas in recht große Verlegenheit gesetzt, und ich bin darum hauptsächlich hereingekommen.

Gräfinn. Nun, und was ist denn dieses wichtige Etwas?

Emilie. Ein Heirathsantrag.

Gräfinn. Wie? (Für sich) Ha meine Ahndung! (Laut und heftig) Das muß ich gestehen! Das ist eine feine Geschichte!

Emilie. Seyn Sie nur nicht böse, ich kann wahrhaftig nichts davor.

Gräfinn. O man kann immer davor, wenn die Männer einem Anträge machen. Es geschieht nie, ohne daß man sich, wenigstens dem Anscheine nach, darum bemüht.

Emilie. Ach liebe Tante, das ist gewiß eben so wenig ohne Ausnahme wahr, als daß es immer geschieht, wenn man sich darum bemüht.

Gräfinn (für sich). Ich glaube wahrhaftig, der Naseweis stichelt. (Laut) Also ein Heirathsantrag in bester Form?

Emilie. Ach ja, recht förmlich und umständlich.

Gräfinn. Und du hast natürlich gar keine Umstände gemacht und ja gesagt?

Emilie. Gott bewahre! Ich brachte nur ein Paar ganz unbestimmte Worte heraus.

Gräfinn. Nun es ist mir doch lieb, daß du wenigstens daran gedacht hast, daß die Disposition über deine Hand dir nicht zukommt, und daß du überhaupt noch viel zu jung zum Heirathen bist.

Emilie. Besonders bey einem solchen Mißverhältniß der Jahre?

Gräfinn. Ein Mißverhältniß der Jahre?

Emilie. Nun ja. Sechszig und sechszehn.

Gräfinn. Sechszig?

Emilie. So alt ist er doch gewiß.

Gräfinn. Wer?

Emilie. Nun — der Geheimrath.

Gräfinn. Welcher Geheimrath?

Emilie. Der Geheimrath von Schnüffler.

Gräfinn. Der Bruder der Majorinn? Also der will dich heirathen?

Emilie. Ja denken Sie nur, der alte Mann.

Gräfinn. Nun so sehr alt ist er wohl eben nicht, oder vielmehr, man merkt es nicht, weil er so angenehm ist.

Emilie. Angenehm!— Der Geck mit grauen Haaren!

Gräfinn. Ein Einfaltspinsel mit braunen Haaren wäre dir wohl angenehmer. Mit deinen paar tausend Thälerchen und dem Bischen linkischer Jugend bist du wahrhaftig zu großen Ansprüchen berechtigt, besonders in diesen militärischen Zeiten, wo die heirathsfähigen Männer so selten sind, als die Capuziner. Weißt du denn dein unverdientes Glück gar nicht zu schätzen? Weißt du nicht, daß der Geheimrath steinreich und die Gefälligkeit selbst ist, daß du als seine Frau eins der ersten Häuser in der Stadt machen kannst?

Emilie. Das wäre kein Glück für mich.

Gräfinn. Freylich für so eine Romanenprinzessinn! Aber man muß dich gar nicht fragen, und dich wie eine dumme Nation zu deinem Glücke zwingen.

Emilie. Aber Sie waren ja vorhin so böse

uber den Antrag, und meynten,. ich sey zu jung zum Heirathen.

Gräfinn. Ich habe jetzt nicht länger Zeit, mit dir zu schwatzen. (Sieht in den Spiegel) Ueber dem Gewäsch habe ich das rouge erst auf einer Seite aufgelegt. Mach daß du fortkommst!

Emilie. Aber der Geheimrath kommt heute wieder hinaus; wenn er nun seinen Antrag wiederholt?

Gräfinn. So weise ihn nur an mich.

Emilie. Ehe der Baron zurückkommt? Er ist doch mein Vormund.

Gräfinn. Der Baron wird wollen, was ich will.

Emilie. Zu einer Heirath, die mir im Innersten meiner Seele zuwider ist, werden Sie mich nicht zwingen können.

Gräfinn. Du wirst schon erfahren, was ich kann. Hat das gnädige Fräulein etwa andere Hoffnungen? Einen Gegenstand geheimer Zärtlichkeit? Darf man nicht wissen, wer der Herzgeliebte ist?

Franz (ist eingetreten; seine Worte müssen schnell auf die Rede der Gräfinn folgen). Herr von Bern.

Gräfinn. Mein Gott! ich bin nur halb geschminkt! (Zu Franz) Such' Er doch den Cousin noch einen Augenblick im Vorzimmer aufzuhalten.

Franz. Hier kommt schon der gnädige Herr.

Vierter Auftritt.

Gräfinn. Emilie. Franz. Bern über dem
Rocke einen Ueberrock. Die Gräfinn verbirgt bey des
Barons Eintritt das Schminktöpfchen in ihr Schnupf-
tuch, und legt dieses, als ob sie Zahnschmerzen hätte,
auf den ungeschminkten Backen.

Bern. Das ist ein Regen! Guten Morgen,
Frau Cousine! (Zu Franz) Ach lieber Freund, sey
Er doch so gut und zieh Er mir einmal hier den
Ueberrock aus und laß Er ihn ein Bißchen trock-
nen.

Franz (thut es). Ich werde ihn hier in das
Cabinet hängen. (Trägt den Ueberrock durch die Sei-
tenthüre, kommt dann zurück, und geht durch die
Mittelthüre links ab.)

Bern. Ey sieh da, Fräulein Emilie! Sind
Sie hübsch wieder einmal in der Stadt? Nun
das freut mich gar sehr, daß ich Sie heute
noch zu sehen bekomme.

Gräfinn (leise zu Emilien). Du sollst ja gehen! (Indem sie eine Bewegung macht, fällt das Schminktöpfchen auf die Erde.)

Bern (will es aufheben). Sie verlieren da etwas.

Gräfinn (kommt ihm zuvor). Es ist nur —
etwas Medicin.

Bern. Sind Sie denn krank?

Gräfinn. Ich habe nur etwas Zahnschmerzen.

Bern. Das bedaure ich von Herzen. Sie
sehen auch recht erhitzt aus. Ganz roth —

Gräfinn. Sie verzeihen, daß ich Sie einen Augenblick allein lasse. Ich will nur etwas auflegen — auf die Zähne. Ich bin bald wieder bey Ihnen. (Zu Emilien leise) So geh doch, dummes Ding. (Laut) Komm, liebe Emilie. (Mit Emilien ab.)

Fünfter Auftritt.

Bern.

Daß mir das Fräulein auch eben jetzt in den Wurf kommen muß, da der Brief des Justizraths mich endlich bestimmt hatte, der Cousine die Declaration zu machen. Es ist doch eine recht dumme Geschichte! Hätte mir's der selige Onkel nur förmlich im Testamente befohlen, die Gräfinn zu heirathen, nun so hätte ich sie als ein unvermeidliches onus mit den liegenden Gründen zugleich in Besitz genommen. Aber da hat er mir's nur mündlich ins Gewissen geschoben, ihr meine Hand anzutragen, wenn ich nichts Erhebliches an ihr auszusetzen fände. Ja das find' ich nun freylich nicht, und ich habe doch nun acht Tage lang mit ihr unter einem Dache gewohnt, und es wurde mir doch um so leichter sie zu prüfen, da sie unmöglich wissen konnte, was Niemand weiß, als der todte Onkel, der verschwiegene Justizrath und ich. Ich muß nolens volens Respect vor ihr haben, und ich würde mich wohl auch gewissermaßen in sie verlieben können, wenn nur das Fräulein nicht wäre! Hätte ich nur den

Brief an den Justizrath vollendet und abge-
schickt, worin ich ihm die tiefe Neigung schil-
derte, die mir das liebe Kind gleich beym ersten Anblicke und Gespräche eingeflößt hat; wer
weiß, ob er mich nun in seinem Schreiben so
eifrig ermahnen würde, dem seligen Onkel mein
Wort zu halten. Aber wie soll ich's als ein
honneter Cavalier denn anfangen, um es n i c h t
zu halten, um es einem Manne nicht zu halten, dem ich Alles verdanke, und dem ich dieses Wort in seiner Todesstunde gab. Die Gräfinn ist nun einmal — Gott sey's geklagt! —
eine respectable Dame, und da ist's und bleibt's
meine verdammte Schuldigkeit, ihr den Antrag
zu machen. Vielleicht sagt sie nein, und dann—
Ach nein, sie wird nicht n e i n sagen, sie ist
immer so freundlich gegen mich, viel freundlicher
als das Fräulein. Ob die Ja sagte, ob die nicht
schon einen Liebhaber hat, das ist eine andere
Frage. Sie steckt da draußen immer unter lauter Militair, und da könnt' ich armselige Civil-
person leicht zu spät kommen. Es ist ganz natürlich, daß der Wehrstand, der bey den Frauen-
zimmern von jeher den ersten Stein im Brete
hatte, heute zu Tage in Deutschland mehr als
je in Ehren steht, und wer jetzt gar mit dem
eisernen Kreuz anmaschirt, der hat beym Ausju-
chen des lieben Hauskreuzes nur halbe Arbeit.
Warum hat mich nun der Onkel nicht lassen unter die Freywilligen gehen! Doch was helfen
meine Wenns und Abers und Warums! Der
Justizrath hat Recht! Was man doch einmal
thun muß, das verschiebe man nicht unnöthi-

gerweise. Est periculum in mora, und eine Galgenfrist hilft zu nichts. So will ich denn jetzt vor meiner Abreise (seufzend) mein Glück bey der Cousine probiren. Sie kommt. Wenn sie nur das Fräulein nicht mitbringt; denn sonst steh' ich wieder für nichts.

Sechster Auftritt.

Bern. Die Gräfinn.

Gräfinn (geschminkt). Verzeihen Sie, lieber Cousin, daß ich Sie so lange habe warten lassen.

Bern. O ich bitte recht sehr. Sind die Zahnschmerzen fort? Hat's Auflegen geholfen?

Gräfinn. Vollkommen.

Bern. Nun das freut mich. — (Pause.) — Ja, Zahnschmerzen sind eine sehr böse Sache. — (Pause.) Ich leide auch zuweilen dran. (Pause.) Da rauch' ich denn recht starken Knaster. (Pause.) Das ist freylich kein Mittel für so eine schöne Dame. — (Pause.) Zwar ich kenne eine Frau von Troßig, die schmaucht wie ein Dragoner. (Pause.) Für sich) Ich möchte mich so gern mit Manier an den Antrag spielen. Wenn ich nur wüßte wie! Und wenn nur das Fräulein nicht dazwischen käme.

Gräfinn (für sich). Er scheint verlegen, ich muß ihm doch entgegenkommen. (Laut) Lieber Cousin —

Bern (zugleich). Werthgeschätzte Frau Cousine —

9 *

Gräfinn. Was wollten Sie sagen?

Bern. Nach Ihnen, nach Ihnen!

Gräfinn. Es war etwas ganz Unbedeutendes, was ich sagen wollte. Aber Sie, mein lieber Cousin, Sie scheinen etwas recht Bedeutendes auf dem Herzen zu haben.

Bern (für sich). Sie merkts. (Laut) Ja freylich — ich hätte wohl etwas recht Wichtiges — etwas, das mir sehr am Herzen liegt, mit der Frau Cousine zu sprechen.

Gräfinn. Es muß mich in der That sehr erfreuen, daß ein Mann von Ihrem Werthe, lieber Cousin, mich seines Vertrauens würdigen will.

Bern. Die Frau Cousine sind gar zu gütig. (Für sich) Ich weiß wahrhaftig nicht, wie ich's vorbringen soll. (Lange Pause.)

Gräfinn. Sie machen mich recht neugierig, lieber Cousin.

Bern. Ich werde mir sogleich die Freyheit nehmen, mich pflichtmäßig zu decouvriren. Wir sind doch wohl ungestört? Oder kommt vielleicht das Fräulein?

Gräfinn (für sich). Er wird mir doch wohl nicht etwa seine Liebe zu Emilien entdecken wollen. (Laut) Was soll das Fräulein?

Bern. O — nichts. Ich meynte nur, wenn sie vielleicht jetzt wieder ins Zimmer käme, so würde das doch eine Störung geben.

Gräfinn. Diese Störung haben Sie nicht zu befürchten, denn Emilie ist schon wieder fort.

Bern. So? Schon wieder hinaus zu den Majorsleuten?

Gräfinn. Ja.

Bern. Sie bleibt ja immer nur einen Augenblick in der Stadt. Sie hat wohl da draußen ein ganz besonderes Interesse?

Gräfinn. Sie sind sehr scharfsichtig. Am Ende haben Sie gar schon errathen, daß Emilie da draußen Braut geworden ist.

Bern. Im Ernste?

Gräfinn. Mit dem Heirathen ist nicht zu spaßen.

Bern. Nein, wahrhaftig nicht. — Also das Fräulein heirathet. Wohl so einen Officier?

Gräfinn. Nein. Einen gewissen Geheimrath von Schnüffler.

Bern. Schnüffler, Schnüffler? Ist das nicht der kleine, dicke, pußige Mann mit dem goldenen Klecks auf der Brust und dem kupferigen Nußknackergesicht, der neulich zu Ihnen in die Loge kam?

Gräfinn. Derselbe.

Bern. Und Emilie will ihn?

Gräfinn. Warum sollte sie ihn nicht wollen! Er ist eben so reich als angesehen, eben so angenehm als hochachtungswerth.

Bern. Nun, das sind andere ehrliche Leute auch. Ich hätte ihr doch einen besseren Geschmack zugetraut. Sie kann doch für den alten, dicken, kupferigen Knirps unmöglich Liebe fühlen.

Gräfinn. Glauben Sie mir, mein guter Cousin, was Sie hier unter Liebe zu verstehen scheinen, diese flüchtige Neigung, die nur durch äußerliche Reize aufgeregt, eben so schnell, ja noch schneller vergeht als diese, ist für ein dauerndes Glück in der Ehe sehr entbehrlich,

ist ihm vielleicht sogar hinderlich. Gegenseitige
Achtung, gegründet auf innern, unvergängli=
chen Werth, diese allein ist der feste unauflös=
liche Knoten eines Bandes, das für ein ganzes
Leben binden soll. Mein unvergeßlicher, verstor=
bener Gatte war nicht schön, man konnte ihn
sogar häßlich nennen —

Bern. Ja, das ist wahr. Ich erinnere mich
sehr wohl, ihn einmal auf einer Kirmes gese=
hen zu haben. Er hatte ja wohl einen kleinen
Verdruß.

Gräfinn. Ach, und wie glücklich hat er
mich gemacht, durch sein treffliches, engelrei=
nes, kindliches Gemüth, durch seine treue, in=
nige Liebe. Ich kann nicht ohne Rührung seiner
gedenken. (Stellt sich gerührt.)

Bern (für sich). Sie ist ganz gerührt. Sie
ist doch wirklich ein wahres Muster von einem
reputirlichen, gesetzten Frauenzimmer. Und sie
ist doch auch wirklich passabel hübsch. Sie sieht
jetzt so angenehm echauffirt aus. Das Fräulein
mag ihren Schnüffler heirathen, ich nehme die
Gräfinn.

Gräfinn. Aber wir sind ganz abgekommen,
von dem, was Sie mir zu sagen wünschten.

Bern. Wenn Sie erlauben, so komme ich
ohne weitere Umschweife darauf, und nehme
mir die Freyheit, die Frau Consine kurz und
gut zu fragen, ob Sie mir die Ehre erzeigen
wollen, mich zu heirathen?

Gräfinn. Mein Gott! — Dieser ganz un=
erwartete Antrag! — Ich bin so überrascht —

Bern. Nehmen Sie mir nur meine dreiste

Anfrage nicht übel. Ich will's Ihnen ganz auf=
richtig erklären, wie's eigentlich damit zusam=
menhängt. — Sie wissen, daß der selige Onkel
mich im vorigen Jahre, als seinen nächsten
männlichen Verwandten, zum Erben des Fidei=
Commisses ernannte, das er stiftete. In dem
Testamente, das er damals machte, bestimmte
er mehrere Legate, aber für die Frau Cousine
war keins dabey. Es mußte sie jemand bey ihm
angeschwärzt haben. Erst ganz kurz vor seinem
Tode — der Justizrath war eben in Walldorf
gewesen — sagte mir der Onkel einmal, er
habe sich überzeugt, daß er Ihnen Unrecht ge=
than hätte, und da Sie doch seine nahe Ver=
wandte wären, so wolle er seinen Fehler wie=
der gut machen. Als er nun plötzlich krank
wurde, mußte ich ihm in seiner Todesstunde
versprechen, die Frau Cousine zu heirathen,
wenn — wenn — wenn Sie mir nähmlich —
ich wollte sagen — wenn ich Ihnen nähmlich,
nach gemachter persönlicher Bekanntschaft, ge=
fallen zu können glaubte. Da bin ich denn nun
also hergereist und — und —

Gräfinn. Und ich habe Ihnen in meiner
unwissenden Unbefangenheit, als einem na=
hen Verwandten, in meinem Hause die Woh=
nung meines abwesenden Onkels angeboten.

Bern. Ey, das war mir natürlich überaus
angenehm, daß Sie so gütig waren, mich hier
im Hause aufzunehmen. Nun hatte ich ja die
schönste Gelegenheit, die Frau Cousine — ich
wollte sagen, mich bey der Frau Cousine be=
liebt zu machen. Da es mir nun also vorge=

kommen ist, als ob Sie mir nicht ganz abge=
neigt wären; so habe ich mir denn vorhin ein
Herz gefaßt, und meine Declaration von mir
gegeben. Verzeihen Sie nur, daß ich so gera=
dezu ohne alle Vorrede mit der Thüre ins Haus
gefallen bin. Ich weiß wohl, daß ich eigentlich
hätte weiter ausholen, und mit allerley verliebten
Redensarten erst um den Brey herumgehen
sollen, aber pro primo habe ich zu dergleichen
Brimborium nicht das rechte Geschick, und pro
secundo muß ich sogleich abreisen.

Gräfinn. Sie müssen abreisen?

Bern. Zu Befehl. Ich habe Briefe bekom=
men vom Justizrathe und meinem Amtmanne
in Walldorf. Der Amtmann kömmt heute nach
Schönwiese, zwey Meilen von hier. Ich habe
wegen der Viehpest und anderer wichtigen An=
gelegenheiten nothwendig mit ihm zu sprechen,
und muß dann morgen, selbst nach Walldorf.
Wenn mir nun die Frau Cousine ein gütiges
Jawort mit auf den Weg geben wollten, so
würde mir die Chaussee freylich noch einmal so
angenehm vorkommen.

Gräfinn. Eine so wichtige Angelegenheit —

Bern. Die will freylich überlegt seyn. Ich
habe mir's sehr überlegt. Indeß, das hatte
auch so seine besonderen Ursachen, die bey der
Frau Cousine nicht Statt finden, wie mir's
scheint. Ich lasse Sie jetzt ein Weilchen allein,
um oben meinen Koffer vollends in Ordnung
zu bringen. Ich komme dann, mich zu empfeh=
len. Es wäre mir wohl sehr lieb, wenn Sie
mir dann beym Abschied einen recht runden

Bescheid gäben, ob Sie's glauben, mit mir
riskiren zu können, oder nicht. Sie haben's ja
wohl längst weg, was an mir ist. Wir wer=
den's immer ehrlich mit einander meynen, und
da werden wir uns schon zusammen einrichten,
und auf die Paar Jahre, die Sie etwa älter
seyn mögen, als ich, kommt's wohl nicht an,
also meyne ich, Sie könnten mich nachher im=
mer als Bräutigam abkutschiren lassen. Wollen
Sie sich's aber durchaus noch länger und reif=
licher bedenken, nun so können Sie mir ja Ihre
Meinung mit Gelegenheit schreiben. (Die Gräfinn
will reden.) Erlauben Sie, übereilen Sie sich
nicht. Ich bin gleich wieder hier. (Ab.)

Siebenter Auftritt.

Gräfinn.

Mir ist doch schon manche sonderbare Art
von Anträgen vorgekommen, aber diese ist mir
in der That ganz neu. Was kümmert mich in=
deß die Art, ich halte mich an die Sache. —
Da ich den guten Vetter nur so weit habe, ist
mir nicht bange, mit Hülfe des Instizraths
mein Ziel ganz nach meinen Wünschen zu errei=
chen. Wer kommt denn? Ha, der Baron.

Achter Auftritt.

Gräfinn. Baron.

Baron. Nun, ma chère nièce, da wär' ich
denn wieder.

Gräfinn. Aber wer hat Ihnen denn geheißen, in die Stadt zu kommen? Sie sollten ja in Schellwitz bleiben, bis ich Ihnen einen Wagen schicken würde.

Baron. Schon recht! Ich wäre auch gewiß noch draußen geblieben, wenn ich nicht fortgemußt hätte. Ich war ganz seelenvergnügt. Sie glauben gar nicht, was in dem Dorfe für ein Reichthum an den prächtigsten Insecten ist.

Gräfinn. Mit Ihren Insecten! Aber warum mußten Sie denn fort?

Baron. Weil sie mich hereingeschickt haben. Es wurde ihnen unmenschliche Einquartirung angesagt: zwey Rittmeister, drey Lieutenants, ein Chirurgus, ein Feldprediger, ein Kamehl, ein Regiments-Tambour und sechs Baschkiren. Die sollten alle auf den Hof und ins Schloß. Da meynte denn die Frau von Rabe, sie hätte keinen Platz mehr für mich, und da der Amtmann mit Haber und Gänsen herein fuhr, da bin ich mitgefahren.

Gräfinn. Es ist recht unartig von der Rabe, Sie so fortzuschicken. Sie hätte gewiß noch einen Winkel für Sie ausfindig machen können.

Baron. Das meyn' ich auch. Ich nehme ja gern vorlieb. Da ich denn aber doch nun einmal hier bin, so will ich meinen Mantelsack hinauftragen lassen. Ich habe ihn indeß in der Küche abgelegt.

Gräfinn. Dort muß er auch jetzt noch liegen bleiben. Sie wissen ja, lieber Baron, daß Herr von Bern Ihre Zimmer bewohnt. Er wird jedoch diesen Morgen noch abreisen, dann können Sie sogleich wieder einziehen.

Baron. Schön, schön! Es hat ja keine Eile damit. Also der Herr von Bern sind noch hier? Nun, wie gefällt er Ihnen denn?

Gräfinn. So sehr, daß ich ihn heirathen werde.

Baron. I Poßtausend! Was Sie sagen! — Wie hat sich denn das gemacht? Nun so erlauben Sie mir meine unterthänige Gratulation abzustatten.

Gräfinn. Ich danke, ich danke sehr. Aber, liebes Onkelchen, Sie müssen mir jetzt einen Gefallen thun.

Baron. Mein Himmel, belieben Sie doch nur zu befehlen. Sie wissen ja, liebe Gräfinn, daß ich mir, Ihnen zu gefallen, Alles gefallen lasse.

Gräfinn. Ich wünschte jetzt allein zu seyn. Ich habe beym Abschiede noch Einiges mit dem Cousin zu besprechen.

Baron. Verstehe, verstehe! Der alte Scarabäus ist auch nicht auf den Kopf gefallen. — Wie heißt's doch in Doctor und Apotheker — (singt:)

> Verliebte brauchen keine Zeugen,
> Sie sind sich selbst genug allein,
> Und wenn sie, satt vom Reden, schweigen,
> Ist doch ihr Wunsch, allein zu seyn.

Gräfinn. Aber, lieber Onkel, Sie müssen bald gehen.

Baron. Schön! — Ich werde in Batistes

Kuchenladen ein Paar eingemachte Maykäfer essen.

Gräfinn. Meinetwegen ein Paar Kreuzspinnen. Aber gehen Sie nur bald. Ich werde Sie durch mein Schlafzimmer führen, damit Sie Herrn von Bern nicht erst begegnen, und in ein weitläufiges Complimentiren gerathen. (Sie klingelt.)

Franz (kommt).

Gräfinn. Bleib' Er ja im Vorzimmer, und außer Herrn von Bern laß' Er Niemand vor. Kommt Jemand, der mich zu sprechen verlangt, so sagt Er, ich sey unwohl und noch nicht aufgestanden.

Franz (ab).

Gräfinn. Kommen Sie, lieber Baron, ich will Ihnen aufschließen.

Baron (nimmt mehrere Schächtelchen aus der Tasche). Erlauben Sie nur Einiges abzulegen.

Gräfinn. Was haben Sie denn da?

Baron. Einige Coccinellen oder Sonnenkäfer, die ein ganz probates Mittel gegen Zahnweh sind. Ein Paar kostbare Exemplare vom cervus oder Hornschröter, eine wunderschöne Todtenkopfraupe, und noch vielerley für meine Sammlung. Wenn Sie erlauben, so laß ich indeß Alles hier liegen, bis ich wieder komme. (Will die Schachteln auf den Toilettentisch legen.)

Gräfinn. Ich bitte Sie, bleiben Sie mir mit dem garstigen Gewürme vom Leibe. Nehmen Sie das Zeug nur mit in den Kuchenladen.

Baron (wieder einpackend). Wie Sie befehlen!

Gräfinn. Kommen Sie nur.

Baron. Sogleich. — Apropos, was macht denn mein liebes Mündelchen, sie ist doch hübsch gesund?

Gräfinn. Ach Gott, ja!

Baron (eine Wachtel aus dem Busen nehmend). Sehen Sie nur einmal hier die hübsche Wachtel, die ich der kleinen Emilie mitgebracht habe. Sie schlägt prächtig. Na, so laß dich doch einmal hören. (Schlägt ihr vor) Wittperwitt! Wittperwitt!

Gräfinn. Aber ich bitte Sie —

Baron. Ja, ich komme schon. (Trippelnd und wieder stehen bleibend). Ich darf doch bey Batists erzählen, daß Sie Braut sind?

Gräfinn. Wem Sie wollen.

Baron. Wann soll ich denn wieder kommen? Etwa in einem Stündchen, nicht wahr?

Gräfinn. Wenn Sie nur erst fort wären!

Baron (mit der Gräfinn, die ihn treibt, nach und nach abgehend). Ja, eh' ich's vergesse. Sie sollen die Gefälligkeit haben, der Frau von Rabe vielerley zu besorgen, und es ihr morgen mit dem Amtmanne hinaus zu schicken. Ich habe mir alles auf ein Zettelchen geschrieben und das Zettelchen an die Mütze gesteckt, damit ich's nicht vergessen könnte. Sie verlangt ein Schlachtmesser, das Henschelsche Portrait von Napoleon, vier Quart Pestwasser, die liaisons dangereuses, Tabak für die Baschkiren, noch Jemands Reiseabenteuer, zwey Schächtelchen Pfeffermünzküchlein, ein stählernes Blanchet, eine halb Dutzend feine Schminke, vier blonde Locken, drey falsche Zähne, einen englischen Patentbufen — (Mit der Gräfinn durch die Mittelthüre rechts ab.)

Neunter Auftritt.

Franz durch die Mittelthüre links. Er sucht die Frau v. Trümmer und den Kammerherrn zurück zu halten.

Franz. Wenn ich Ihnen nun aber sage —

Fr. v. Trümmer. Sein Abwehren hilft Ihm nichts. Wir dringen mit Gewalt zur Gräfinn. (Schiebt ihn bey Seite und kommt mit dem Kammerherrn vor.)

Franz. Ich soll doch Niemand vorlassen.

Kammerh. Er ist ein Tölpel. Versteht Er denn kein Deutsch? Ich sage Ihm ja, daß diese Dame, die hier im Hause wohnt, die Frau von Trümmer und die beste Freundinn Seiner Herrschaft ist, und daß ich der Kammerherr von Zander bin, der hier zu jeder Stunde vorgelassen wird. Wir kommen eben von der Reise. Während unserer Abwesenheit hat die Gräfinn Seine vortreffliche Acquisition gemacht, und Er konnte uns also natürlich nicht kennen. Nun weiß Er aber, wen Er vor sich hat, und nun geh' Er und meld' Er uns.

Franz. Die gnädige Gräfinn ist aber nicht wohl, und liegt noch im Bette.

Fr. v. Trümmer. So gehen wir zu ihr an's Bett.

Franz. Der Herr Kammerherr auch?

Fr. v. Trümmer. Der Mensch ist recht naiv. Finden Sie nicht, lieber Zunder?

Kammerh. Kommen Sie nur. (An der Thüre begegnet ihnen die Gräfinn.)

Zehnter Auftritt.

Gräfinn. Vorige.

Gräfinn. Mein Gott! — Welche Ueberraschung!

Fr. v. Trümmer (sie umarmend). Nicht wahr, liebe Klausner, wir kommen dir unverhofft. Es fing an fürchterlich ennuyant im Bade zu werden, das Wetter wurde immer herbstlicher, alle gesunde beau monde reiste fort, es blieb Niemand da, als ein Paar Schwindsüchtige und Gichtbrüchige. Der gute Kammerherr wurde zweymal gesprengt, ich brachte keine vernünftige Partie mehr zusammen, und da entschlossen wir uns denn vorgestern zur schnellen Abreise.

Kammerh. Ich sehnte mich eigentlich schon lange zurück, und dies ist seit vielen Wochen wieder der erste Augenblick, in dem ich mich ganz glücklich fühle. (Küßt der Gräfinn die Hand).

Gräfinn (sehr verbindlich). Ich kann nur das Echo Ihrer Worte seyn, und Sie — (Franzen erblickend, fährt sie in kalthöflichem Tone fort) und Sie, mein Herr Kammerherr, willkommen heißen. (Zu Franz) Wart' Er nur im Vorzimmer.

Fr. v. Trümmer. O erlaube mir doch, den Menschen zum Präsidenten zu schicken. Ich will ihm doch gleich meine Ankunft melden lassen,

und mein Fridolin muß abpacken. Hör' Er nur,
mein Freund, sey Er doch einmal so gut —
(Spricht leise mit Franz.)

Kammerh. Unserer Freundinn alte Liebe
rostet nicht. Sie hat eine unglaubliche Sehnsucht nach Ihrem alten cavaliere servente. Haben Sie denn zuweilen des Ihrigen gedacht?
Aber was ist Ihnen denn? Sie kommen mir
so zerstreut vor.

Fr. v. Trümmer (nachdem Franz fort ist). Sage
mir nur, liebe Seele, warum hast du denn deinen prächtigen Louis fortgeschickt?

Gräfinn. Er ist mit dem Prinzen als Kammerdiener zur Armee abgereist.

Fr. v. Trümmer. Nun, der Prinz wird
ihn als ein Andenken von dir doppelt gern um
sich haben; denn gesteh' nur, das durchlauch-
tige Menschenkind hat dir recht ordentlich die
Cour gemacht. Aber wie bist du denn? Wonach
siehst du dich denn immer so ängstlich um? Wir
haben uns so sehr gefreut, dich wieder zu sehen, daß ich noch keinen Fuß in meine Wohnung gesetzt habe, und der Kammerherr bey
der seinigen vorbeygefahren ist, ohne seine Frau,
die am Fenster saß und strickte, auch nur an-
zusehen, und du scheinst dich gar nicht über unsere Ankunft zu freuen.

Gräfinn. Wie kannst du daran zweifeln!
Wenn ich in diesem Augenblicke vielleicht etwas
zerstreut bin, so kommt es nur daher, daß ich
Jemand erwarte, mit dem ich ein nothwendi-
ges Geschäft abzumachen habe.

Kammerh. Doch nicht etwa den Herrn Vetter?

Gräfinn. Getroffen!

Fr. v. Trümmer. Also ist er noch hier? Wie stehst du mit ihm?

Kammerh. Er ist doch wirklich eine Art von Pourceaugnac!

Fr. v. Trümmer. Der Justizrath hat dir wohl gehörig vorgearbeitet?

Kammerh. Beläuft sich das Fidei-Commiß denn wirklich auf 500,000 Thaler?

Fr. v. Trümmer. Sieht der liebe kleine Cousin seinem verstorbenen Vater ähnlich? Der hatte eine entsetzlich lange Nase. Nun wenn der Sohn sie noch nicht hat, so wird er sie hier schon bekommen.

Kammerh. Sie sind doch mit ihm in völliger Richtigkeit?

Fr. v. Trümmer. Was für eine Rolle hast du denn eigentlich gespielt, naiv oder sentimental? Die Gurli oder die deutsche Hausfrau? (Alle diese Fragen müssen sehr schnell hinter einander gesprochen werden.)

Gräfinn. Ich komme bald zu dir herüber, um diese stürmischen Fragen vollständig zu beantworten. Aber der Vetter wird sogleich hier seyn, um Abschied von mir zu nehmen, und dann auf der Stelle abzureisen. Er hat vorhin um meine Hand angehalten, und ich habe ihm das Jawort noch zu geben. (Sieht durchs Fenster.) Er steht im Hofe bey seinem Wagen.

Fr. v. Trümmer. Ich muß ihn sehen!

Gräfinn (hält sie zurück). Aber, liebe Trümmer!

Schall. Die unterbr. Whistpartie.   10

Fr. v. Trümmer (auf den Zehen). Nur ein Bischen gucken.

Gräfinn. Nicht doch. Geh hübsch herüber zu dir. Führen Sie sie fort, lieber Zunder, ich folge Ihnen bald.

Fr. v. Trümmer. Ich möchte gar zu gern sehen, wie du dich beym Geben des Jaworts benehmen wirst.

Kammerh. Ja, ich gestehe, auch ich gäbe viel darum, wenn ich Sie in einer so interessanten Situation beobachten könnte.

Gräfinn. Aber ich kann doch unmöglich, wenn Ihr dabey seyd —

Fr. v. Trümmer. O solche vertraute Freunde, als wir, können schon zusehen und zuhören, wenn auch nicht sichtbar, doch unsichtbar.

Gräfinn. Unsichtbar?

Fr. v. Trümmer. Ja, ja, ich habe eine excellente Idee. Wir wollen der Komödie, die du spielst, in einer grillirten Loge zusehen. Sehen Sie nur, Kammerherr, den deliciösen Ritz hier in der Thüre des Cabinets. Kommen Sie, wir verstecken uns.

Gräfinn. Mach' keine Tollheiten! Willst du mich denn compromittiren?

Fr. v. Trümmer. Was ist denn da zu compromittiren? Der Bediente ist fortgeschickt. Es hat uns sonst Niemand hier ins Zimmer gehen sehn. Wir nehmen den Schlüssel mit herein — (sie zieht ihn ab) und schließen uns ein.

Gräfinn. Nein — nimmermehr! — Ich kann es nicht zugeben! — Mein Gott, ich höre Bern.

Fr. v. Trümmer. Marsch, marsch in die

Kammer, Herr Kammerherr, nur ohne Umstän=
de! (Mit dem Kammerherrn ins Cabinct.)

Eilfter Auftitt.

Bern. Gräfinn.

Bern. Nun ist Alles in Ordnung, bis auf
den Abschied und den Bescheid. Wie steht's da=
mit? Haben Sie sich die Sache überlegt?

Gräfinn. Ich will Ihnen nicht verhehlen,
lieber Cousin, daß die große Ueberraschung, in
welche Ihr plötzlicher Antrag mich vorhin ver=
setzte, eine angenehme war. Wozu soll ich also
noch länger überlegen? Warum sollt' ich nicht
der Stimme meines Herzens folgen? Sie hat
mich bey der Wahl meines ersten Gatten nicht
irre geleitet, sie wird mich auch im zweyten,
für den sie so laut und deutlich spricht, einen
Mann, wie ich ihn wünsche, finden lassen.

Bern (küßt ihr die Hand). Sie sind gar zu
gütig. Nun, ich werde gewiß mein Möglichstes
thun, um Sie recht glücklich zu machen, und
Sie sollen's recht gut bey mir haben. — Aber,
wenn Sie's nicht übel nehmen wollten, es ist
freylich curios, daß ich eben jetzt abreisen muß;
es thut mir, so wahr ich lebe, recht herzlich
leid, indeß die Viehpest —

Gräfinn. Diese Trennung kann Ihnen ge=
wiß nicht schmerzlicher seyn, als mir; da jedoch
wichtige Geschäfte sie nothwendig machen, und
ich doch hoffen darf, Sie bald wieder zu sehen —

Bern. Ey das versteht sich. Ich wollte mich

10 *

eben erkundigen, wie's Ihnen lieber wäre. Soll
ich wieder in die Stadt kommen, oder wollen
Sie mir die Ehre erzeigen, und besuchen mich
und meine Schwestern in Walldorf?

Gräfinn. Ich ziehe unbedenklich das Letz-
tere vor. Schon längst wünschte ich den Wohn-
sitz des biederen, seligen Onkels kennen zu lernen, schon längst sehnte ich mich nach einer
Entfernung vom Getümmel der Residenz nach
den unschuldigen Freuden eines ländlichen Auf-
enthaltes. Im Schooße der Natur werde ich
mich jetzt doppelt glücklich fühlen.

Bern. O, es ist alles recht schön in Walldorf, das Schloß, die Berge, die Wälder, die
Wiesen, das Vieh! Es wird Ihnen gewiß gefallen. Wenn Sie also meynen, so schicke ich
Ihnen in ein Paar Tagen meine vier Apfelschimmel und die grüne Landauer Chaise, und
in fünfzehn Stunden sind Sie bey mir. Dann
macht der Justizrath — Sie kennen ja wohl
den Justizrath Müller von der Zeit her, da er
hier in der Stadt advocirte —

Gräfinn. Sehr entfernt, kaum vom Sehen.

Bern. Er ist ein kluger und braver Mann.
Also der Justizrath macht einen recht bündigen
Ehe-Contract, wir lassen uns drey Sonntage
hintereinander abkanzeln, und dann fragt unser
alter Herr Pastor die Frau Cousine: wollen
Sie gegenwärtigen Gottlieb Thimotheus Bern
zum ehelichen Gemahl erkiesen, und Sie sind dann
so gütig und antworten durch ein lautes und
deutliches Ja. Ist's Ihnen so recht?

Gräfinn. Vollkommen.

Bern. Nun das freut mich. O ich sehe schon,

wir werden recht gut zusammen passen, besser,
als ich anfangs glaubte. Aber die Zeit vergeht,
wenn Sie also erlauben — (Geht auf die Cabinets=
thüre zu.)

Gräfinn (verlegen). Was wollen Sie, lieber
Consin?

Bern. Meinen Ueberrock holen, den Franz
vorhin da hinein gehängt hat.

Gräfinn. Ach, das ist — das ist — in der
That — recht unangenehm.

Bern. Was denn?

Gräfinn. Das Schloß von dieser Thüre ist
vorhin beym Zumachen abgeschnappt, und der
Schlüssel befindet sich im Cabinet.

Bern (an der Thüre klinkend). Ja, die Thüre
ist wahrhaftig zu. Paßt denn nicht vielleicht ein
anderer Schlüssel?

Gräfinn. Nein, es paßt keiner.

Bern. Vielleicht wohnt ein Schlosser in der
Nähe. Wenn Sie erlauben, so schicke ich mei=
nen Johann.

Gräfinn. Nein, hier in der Nähe wohnt
keiner. Ich brauchte neulich einen, und mußte
sehr lange warten.

Bern. Ja, das kann ich nun freylich nicht.
Wenn's nur nicht so naßkalt wäre, und nicht
regnete. Die Chaise ist offen, ich habe mich ge=
stern etwas erkältet, und hab nur den einen
Ueberrock mitgebracht. Haben Sie nicht viel=
leicht etwas dergleichen vom seligen Herrn?

Gräfinn. Die Kleiderschränke sind alle in
dem Cabinet.

Bern. Es ist recht fatal, daß man nicht
hinein kann. (Guckt durch den Ritz.) Es muß ein

Hut von Ihnen hier gerade vor dem Riße hän=
gen, denn ich sehe einen.

Gräfinn. Wenn Sie bloß etwas zum Zu=
decken wünschen, so könnte ich Ihnen wohl ei=
nen Shawl oder eine wattirte Enveloppe von
mir geben.

Bern. Danke ergebenst. Ich möchte mich
im Damencostüm doch zu komisch ausnehmen.
Es fällt mir eben etwas ein. Ich werde den
Mantel von meinem Kutscher anziehen, der Kerl
kann schon einmal naß werden. Sie sind denn
so gut, und bringen mir den Ueberrock mit,
wenn Sie nach Walldorf kommen.

Gräfinn. Ich werde ihn gewiß nicht ver=
gessen.

Bern. Da ich eben vom Mitbringen spreche,
so wollte ich die Frau Cousine nur fragen, ob
Sie etwa gesonnen sind, das Fräulein mit hin=
aus zu bringen?

Gräfinn. Ach nein! da sie doch Braut ist —

Bern. So muß sie beym Bräutigam blei=
ben. Das ist mir auch ganz recht. Aber wenn
der Baron Scarabäus, der so gütig gewesen
ist, mich in seinen Zimmern wohnen zu lassen,
mich in Walldorf besuchen will, so soll mich's
ausnehmend erfreuen. Bey mir gibt's Schmet=
terlinge und anderes Geschmeiß die Menge, da
kann er jagen nach Herzenslust. (Ruft zum Fen=
ster hinaus) Johann, der Kutscher soll sich auf=
setzen und seinen Mantel ausziehen. Ich komme.
Sagen Sie mir, liebe Cousine, in dem Reise=
wagen, der dort eben ausgespannt wird, ist ja
wohl die Frau von Trümmer gekommen, die
hier im Hause wohnt?

Gräfinn. So wie ich gehört habe —

Bern. Sie haben wohl nicht viel Umgang mit der Frau?

Gräfinn. O — nein. Warum?

Bern. Es soll ja nicht viel an ihr seyn. — Der selige Onkel hat mir einmal viel von ihr erzählt, daß sie ihm als Fräulein Schneller förmlich nachgestellt hat, daß sie ihm aber ganz zuwider gewesen ist. Ihren verstorbenen Mann soll sie ja zu Tode geärgert haben, und neulich hört' ich im Parterre ein Paar Officiere sagen, sie wäre gerade so eine Person, wie die kokette, boshafte, alte Katze in dem Stücke, das eben gespielt wurde. — Es ist ja noch ein Herr mit ihr gekommen?

Gräfinn. Vermuthlich der Kammerherr von Zunder.

Bern. Ist das der Zunder, der einmal in dem Regimente Prinz Carl Dragoner gestanden hat?

Gräfinn. So viel ich weiß —

Bern. Nun, da hat sich wohl gleich und gleich gesellt, denn der Herr Kammerherr hat im Regimente einen sehr schlechten Ruf, und gilt für einen Erzspieler und Poltron. Er hat einmal eine recht garstige Geschichte mit der Frau eines Cameraden gehabt, und ein Duell refüsirt. Darum mußt' er auch eigentlich den Abschied nehmen. — Doch ich schwatze und schwatze, und es ist die höchste Zeit, daß ich mich aufmache. Nun, Adieu, liebe Frau Braut, lassen Sie sich die Zeit nicht lange werden, in ein Paar Tagen sind die Apfelschimmel hier.

Gräfinn. Leben Sie wohl, mein lieber, gu=

ter Bräutigam. (Begleitet ihn bis an die Thüre. Als
er eben hinaus ist, schleicht Frau von Trümmer halb
aus dem Cabinet; fährt aber sogleich wieder hinein, da
Bern zurück kommt.)

Bern. Noch eins. Da hätt' ich bald eine
Hauptsache vergessen. Da die Frau Cousine
doch nun einmal meine Braut sind, so könnten
Sie mir wohl einen Kuß mit auf den Weg
geben.

Gräfinn. Von Herzen gern!

Bern (küßt sie). So! Ich danke ergebenst.
Ich werde mir nächstens mehr ausbitten. Also
zum zweyten und letztenmale Adieu! Auf bal-
diges Wiedersehen. (Ab.)

Gräfinn (tritt ans Fenster und grüßt in einem
Weilchen hinunter). Adieu! Adieu!

Fr. v. Trümmer und der Kammerherr
(sind inzwischen aus dem Cabinet gekommen. Der Kammerherr küßt der Gräfinn, als sie sich ins Zimmer wendet, die Hand).

Kammerh. Ich gratulire!

Fr. v. Trümmer (gegen das Fenster). Fahre
ab, du grober Gesell! Du verdienst, daß du
exemplarisch gefoppt und ausgelacht wirst. Die
alte Katze will ich dir schon gedenken! (Zur Gräfinn) Ich bitte dich, liebe, gute, pfiffige Seele,
bringe ja den Tölpel unter den Pantoffel, daß
er gehorcht, wie ein dressirter Pudel.

Kammerh. (mit Bezug auf die Gräfinn). Es
lebe die Weiberlist!

Fr. v. Trümmer. Sie lebe! (Umarmt die
Gräfinn, der der Kammerherr nochmals die Hand küßt,
und der Vorhang fällt.)

Zweyter Aufzug.

(Zimmer des erſten Actes. Es iſt Abend und es bren=
nen Lichter.)

Erſter Auftritt.

Gräfinn. Franz.

Gräfinn. Iſt nach dem Fräulein geſchickt?

Franz. Marie iſt ſchon ſeit einer halben Stun=
de fort, um ſie zu holen.

Gräfinn. Hat Er den Baron gebeten, zu
mir herunter zu kommen?

Franz. Er wird ſogleich hier ſeyn. Er wollte
nur erſt ſeine Raupen füttern.

Gräfinn. Den Korb dort mit meinem Mas=
kenanzuge trag er hinüber zur Frau von Trüm=
mer. Ich werde mich drüben ankleiden. Jetzt
iſt es ſieben. Um neun Uhr muß das Eſſen
fertig ſeyn. Er deckt im Vorzimmer für Frau
von Trümmer, den Präſidenten, den Kammer=
herrn, den Baron, mich und Emilien, alſo ſechs
Converts. Um halb zehn Uhr wird der Wagen
angeſpannt, um mich auf den Maskenball zu
fahren. (Franz ab, an der Thüre begegnet ihm der
Baron.)

158

Zweyter Auftritt.

Der Baron. Die Gräfinn.

Baron. Sie haben befohlen?

Gräfinn. Da ich den ganzen Tag über bey der Trümmer gewesen bin, so haben wir uns seit diesem Morgen nicht gesehen, und ich habe Ihnen also eine Neuigkeit noch nicht mittheilen können, die doch gewissermaßen in Ihr Departement gehört.

Baron. Ach gewiß wegen des Exemplars von Rösels Insectenbelustigungen, das der Kammerherr verkaufen will?

Gräfinn. Sie haben doch nichts als Insecten im Kopfe. Hier ist aber nicht von Insectenbelustigungen, sondern von Menschenbelustigungen, nähmlich vom Heirathen die Rede.

Baron. Nun von Ihrer Belustigung mit Herrn von Bern haben Sie mich ja schon diesen Morgen gütigst avertirt.

Gräfinn. Es ist aber noch eine Heirath auf dem Tapet.

Baron. Zwey Heirathsneuigkeiten an einem Tage? Das ist ja jetzt ein seltner casus.

Gräfinn. Und die zweyte Neuigkeit geht Sie an.

Baron. Mich? Ich soll doch wohl um Gotteswillen nicht heirathen?

Gräfinn. Nun wer weiß, ob die Reihe nicht noch an Sie kommt. Die Trümmer neckt sich ja beständig mit Ihnen, und was sich neckt, liebt sich nicht nur, sondern heirathet sich auch zuweilen.

Baron. Ach vor dieser Schickung möge mich doch der Himmel in Gnaden behüthen und bewahren. Da könnte mir's ja gehen wie gewissen männlichen Spinnen, die gleich nach vollzogner Hochzeit von ihren Weibchen aufgefressen werden.

Gräfinn. Na warten Sie, das bon mot sage ich der Trümmer wieder. Aber Scherz bey Seite. Die Heirathsneuigkeit, welche ich Ihnen mitzutheilen habe, betrifft Emilien. Der Geheimrath von Schnüffler hat um sie angehalten. Und Sie sollen als Vormund Ihre Einwilligung zu dieser Heirath geben.

Baron. Was man nicht alles erlebt! Unter den Menschen geht's doch noch viel toller yer, als unter den Insecten. Da sind mitunter Männchen und Weibchen auch sehr unähnlich, aber ein so großer Unterschied, als der zwischen Emilien und dem Geheimrath, ist doch selbst unter den Blattläusen nicht zu finden. Wenn Sie aber meynen, und wenn das Fräulein will, so —

Gräfinn. Das Fräulein will nicht.

Baron. Nicht?

Gräfinn. Aber sie soll wollen!

Baron. Sie soll?

Gräfinn. Ja, Sie müssen sie zwingen.

Baron. Ich?

Gräfinn. Nun ja, Sie. Sind Sie nicht Emiliens Vormund? Ist es nicht Ihre Pflicht, für ihr Glück zu sorgen?

Baron. Freylich.

Gräfinn. Und ist es nicht für ein so armes Mädchen ein ganz ausgezeichnetes Glück, eine so brillante Partie zu machen?

Baron. Ja — freylich — wenn man's so nehmen will —

Gräfinn. Man muß es so nehmen!

Baron. Wie Sie befehlen.

Gräfinn. Der Geheimrath war heute Nachmittag bey der Trümmer, um mich zu sprechen. Er ist ganz vernarrt in das Mädchen. Sie wird als seine Frau das angenehmste Leben von der Welt führen können. Er wird Alles für sie thun, was nur möglich ist.

Baron. Aber warum will sie ihn denn nicht?

Gräfinn. Weiß denn so ein Gänschen, warum sie etwas will, oder nicht will? Darum ist ihr ein Vormund gegeben, daß er für sie den Willen und den Verstand habe.

Baron. Das ist wahr.

Gräfinn. Aber Sie sind viel zu gut, viel zu nachgiebig gegen das Mädchen, Sie vergeben sich viel zu sehr den Respect. In dieser Heirathsangelegenheit, die aus vielen Gründen höchst wünschenswerth ist, müssen Sie Emilien das ganze Gewicht Ihrer vormundschaftlichen Autorität fühlen lassen, darauf besteh' ich durchaus.

Baron. Ja, ja, wenn Sie meynen, so werd' ich's mit der Autorität probiren. Sie müssen mir aber beystehen.

Gräfinn. Das versteht sich; doch jetzt muß ich zur Trümmer. Wir haben uns beredet, zu-

sammen auf den heutigen Maskenball zu ge=
hen, und ich will mich bey ihr ankleiden.

Baron. Was werden denn die chère nièce
vorstellen, wenn ich fragen darf?

Gräfinn. Die allegorische Person der Wahr=
heit.

Baron Ey sehen Sie einmal! Die Wahr=
heit hab' ich ja in meinem ganzen Leben noch
nicht in natura gesehen. Was hat sie denn für
ein Kostüm?

Gräfinn. Ein idealisches. Ein leichtes, grie=
chisches Gewand, ein Auge auf der Brust, eine
Sonne auf der Stirn, in der Hand einen Spie=
gel. Ich hoffe, ich werde mich ganz gut aus=
nehmen. Es ist dabey auf einen Spaß abgese=
hen. Der Kammerherr hat allerley Verse ge=
macht, die gewisse pikante Wahrheiten enthal=
ten, und die ich an Bekannte vertheilen will.

Baron. Charmant! Und was stellt denn der
Kammerherr vor?

Gräfinn. Einen Harlekin. Als Repräsen=
tant der Narrheit soll er mich führen, weil die
Wahrheit nur von der Narrheit begleitet sich un=
gestraft öffentlich zeigen darf.

Baron. Das ist recht schön ersonnen. Das
haben Sie gewiß so ausspintisirt. Sie bringen
immer so etwas ganz Apartes und Feines zum
Vorscheine. Stellt denn die Frau von Trümmer
auch etwas Allegorisches vor?

Gräfinn. Nein, sie hat wegen der Bequem=
lichkeit des Anzuges die Idee, als Vestalinn zu
gehen.

Baron. Als Vestalinn! Ach du liebe Zeit. Na

da wird's heilige Feuer gewiß ausgehen. In
d e r Maske kennt sie sicher Niemand. Geht etwa der Präsident als pontifex mit?

G r ä f i n n. Onkelchen, Onkelchen! Sie werden schöne Händel mit der Trümmer bekommen,
wenn ich Ihre bösen Einfälle verrathe. Doch ich
muß jetzt zu ihr. Wenn Emilie kommt, so
wissen Sie, was Sie ihr zu sagen haben, Sie
weiß auch noch nichts von meinem Verspruch
mit Herren von Bern. — Sagen Sie ihr davon, vielleicht bestimmt mein Beyspiel sie leichter zur Folgsamkeit. Ich komme bald mit der
Gesellschaft zurück. Wir wollen, ehe wir auf
den Ball gehen, noch eine Partie Whist spielen und dann ein wenig soupiren. Auf Wiedersehen! (Ab. An der Thür begegnet ihr Emilie, die
ihr die Hand küßt.) Geh nur zu deinem Vormunde.
Er wird dir schon den Text lesen, wie du es
verdienst. (Ab.)

Dritter Auftritt.

Emilie. Baron

E m i l i e. Sie wollen mir den Text lesen, lieber Herr Baron?

B a r o n. Ja — recht ordentlich.

E m i l i e. Aber weshalb denn?

B a r o n. Weshalb? Weil ich meine vor-
mundschaftliche Autorität zeigen will.

E m i l i e. Habe ich die nicht immer mit kind-
lichem Gehorsam anerkannt?

B a r o n. O ja, das kann ich freylich nicht
läugnen.

Emilie. Ich habe es doch gewiß nie an Liebe und Hochachtung gegen Sie fehlen lassen.

Baron. Nein, das ist wahr, Sie sind ein liebes, gutes Kind.

Emilie. Warum sind Sie denn aber böse auf mich?

Baron. Ich bin ja nicht böse.

Emilie. Und doch wollen Sie mir den Text lesen?

Baron. Ja freylich. Unter dem Text nähm=lich, da versteh' ich den Geheimrath, den sollen Sie heirathen, weiter verlange ich ja nichts.

Emilie. Das könnten Sie verlangen?

Baron. Ja, darauf bestehe ich.

Emilie. Aber, lieber Herr Baron —

Baron. Aber, liebe Emilie, thun Sie mir nur den einzigen Gefallen und nehmen Sie den alten Herrn. Seyn Sie hübsch folgsam. Ich habe Ihnen auch aus Schellwitz eine recht schöne Wachtel mitgebracht. Ich werde sie Ihnen nach=her gleich herunterholen. Aber machen Sie keine Umstände und werden Sie Frau von Schnüff=ler. Glauben Sie mir, die Partie ist aus vie=len Gründen höchst wünschenswerth.

Emilie. Aus welchen Gründen?

Baron. Aus welchen? — Aus — aus ver=schiedentlichen. Fragen Sie nur die Tante, die wird es Ihnen schon auseinander setzen.

Emilie. Und weil die Tante mein Unglück will, könnten auch Sie es wollen?

Baron. Aber, liebes Mädchen, hier ist ja von einem Glücke die Rede.

Emilie. Dafür mag es die Tante halten. Für mich würde es das größte Unglück seyn, mich mit einem Manne verbinden zu müssen, der mir ganz und gar unausstehlich ist.

Baron. J probiren Sie's. Nach der Ehe gibts sich's manchmal mit der Unausstehlichkeit.

Emilie. Der Geheimrath würde mir nur täglich unausstehlicher werden.

Baron. Sie können ihn also wirklich ganz und gar nicht leiden?

Emilie. Ganz und gar nicht. Und geht es mir denn allein so mit ihm? Seine unerträgliche Geckerey macht ihn ja bey den meisten Menschen verhaßt und lächerlich.

Baron (vertraulich). Hören Sie, aufrichtig gesagt. Wenn ich ein Frauenzimmer wäre, — ich möchte ihn auch nicht.

Emilie. Und doch könnten Sie mich zwingen wollen?

Baron. Ich will's ja nicht. Aber liebes, gutes Milchen, lassen Sie sich doch nur bedeuten. Die Tante —

Emilie. Ja, die Tante, die Tante! die ist Ihnen viel lieber, als ich.

Baron. Nein. 'S ist nicht wahr. Ich habe Sie viel, viel lieber. Aber sehen Sie nur —

Emilie. Ach ich sehe aus Allem, daß ich ein recht unglückliches Mädchen bin. (Sehr wehmüthig.)

Baron. Weinen Sie nur nicht, ich bitte Sie um Gotteswillen, ich muß gleich mit weinen —

Emilie. Vergeben Sie, aber ich kann mich

der Thränen nicht enthalten, wenn ich meine
ganze jetzige Lage bedenke. Der Aufenthalt bey
Majors hat meine Traurigkeit aufs Neue erweckt.
Der ganze Ton, die ganze Lebensweise, das
ganze Wesen, die unter diesen Menschen, die
hier im Hause der Tante herrschen, sie passen so
wenig zu meinem früheren, stillen, ländlichen
Leben, zu den Grundsätzen und Gesinnungen,
die meine unvergeßliche Mutter mir mit, unaus-
löschlichen Zügen ins Innerste meines Herzens
grub. Ach daß sie mir so früh entrissen wurde,
daß ich hier in dieses Haus kommen mußte, daß
ich gezwungen bin hier zu bleiben! —

Baron. Ich bitte Sie, hören Sie auf. Sie
machen mich ganz weichmüthig.

Emilie. Lieber Herr Baron, wenn mein
Wohl Ihnen nur einigermaßen am Herzen liegt,
so lassen Sie mich nicht länger hier im Hause.
Ihnen ist die ganze Gewalt über mich durch die
Gerichte gegeben, die Tante hat eigentlich keine
als durch Sie.

Baron. Ja, du lieber Gott —

Emilie. Sie selbst — verzeihen Sie mir
meine Offenheit — Sie selbst passen nicht in diese
Verhältnisse. Sie sind durch mancherley genirt
und abhängig. Sie müssen sich oft in Ihrem
Gemüth auf eine widrige Weise berührt fühlen,
so kommt es mir wenigstens vor.

Baron. Es kommt mir wohl manchmal
selbst so vor.

Emilie. Warum bleiben Sie aber in einem
Verhältniß, das Ihnen unangenehm ist? Sie
haben genug, um unabhängig leben zu können.

Schall. Die unterbr. Whistpartie.   11

Baron. Das ist wohl wahr. Aber sehen Sie nur — die alte Gewohnheit! — Es ist mir vom seligen Neffen her, als ob ich so eine Art Hausthier hier im Hause wäre. Und wo sollen wir denn hin?

Emilie. Sie haben so viele Bekannte auf dem Lande. Lassen Sie uns aufs Land ziehen, lieber Onkel, dahin sehnt sich meine ganze Seele.

Baron. Ach ich lebte selbst nur gar zu gern auf dem Lande. Man hat's da weit bequemer mit den Insecten. Man lebt so mitten d'runter. Hier muß man immer erst vor's Thor laufen, wer weiß wie weit, wenn man was Gescheidtes fangen will. Ich will Ihnen etwas sagen, liebes Milchen, es wird sich jetzt hier im Hause mancherley ändern, da die Gräfinn heirathet.

Emilie. Die Gräfinn heirathet?

Baron. Ja wohl. Ich hätt's Ihnen eigentlich vorhin schon sagen sollen, denn die Gräfinn meynte, ihr Beyspiel würde Sie vielleicht folgsam machen von wegen des Schnüffler.

Emilie. Wen heirathet denn die Tante? Läßt sich etwa der Kammerherr von seiner Frau scheiden? Man sprach davon.

Baron. Nein, davon weiß ich nichts. Die Gräfinn nimmt den Vetter.

Emilie. Den Vetter? Welchen Vetter? Doch nicht den Herrn von Bern?

Baron. Ja freylich. Ich möchte wohl wissen, wie sich das eigentlich so gefügt und geschickt hat.

Emilie. Wie es sich geschickt hat? Recht geschickt, das versichere ich Sie.

Baron. Wie meynen Sie das?

Emilie. Ich meyne nur so. — Ich will jetzt auf meinem Zimmer einiges in Ordnung bringen.

Baron. Sagen Sie mir doch, wie gefällt Ihnen der Herr von Bern?

Emilie. Mir? O recht gut. Ich habe ihn zwar nur ein paarmal gesehen, aber ich glaube, er verdient eine Frau, die es recht ehrlich mit ihm meynt.

Baron. Nun das ist mir recht lieb, daß Sie mit ihm zufrieden sind. Da findet sich vielleicht ein Mittel, um Ihre Wünsche wegen des Landlebens zu erfüllen, wenn die Tante nach Walldorf zieht. Das soll ein prächtiges Landgut seyn.

Emilie. Nein, nein! Nicht mit der Tante. Es wird sich schon ein anderer Aufenthalt für uns finden, wenn Sie nur recht ernstlich wollen, lieber Herr Baron. Ich höre, daß die Tante auf den Maskenball fährt. Wir können dann ungestört einen Plan für die Zukunft entwerfen. Nicht wahr, Sie werden meinen Lieblingswunsch erfüllen?

Baron. Von Herzen gern! Wenn ich nur erst wüßte, wie wir's anfingen, daß kein großes Spectakel entsteht. Und was soll ich denn der Gräfinn sagen, wenn sie von der Schnüfflerschen Geschichte anfängt?

Emilie. Es wird Ihnen leicht seyn, in der Gesellschaft, die die Tante von der Frau von Trümmer mit herüber bringt, ein Gespräch über die widrige Angelegenheit zu vermeiden. Ich hoffe es durch vorgebliches Kopfweh zu be-

11 *

wirken, daß ich nicht bey Tische erscheinen darf.
Wenn die Gräfinn fort ist, so kommen Sie zu
mir, und wir berathschlagen uns. Ihre Güte
läßt mich hoffen, daß Sie mich einer Existenz
entziehen werden, die ich nicht länger zu ertra=
gen vermag, und glauben Sie mir, meine Dank=
barkeit gegen Sie wird ohne Gränzen seyn. (Ab).

Vierter Auftritt.

Baron.

Es ist doch gar ein braves, wackeres Mädchen,
das kleine hübsche Milchen. Ja, wenn ich so mit
ihr irgendwo gut unterzukommen wüßte. Sie
hat wohl Recht, es will mir hier im Hause
selbst nicht mehr so recht gefallen. Wenn sich
nur für das Fräulein, statt des Geheimraths
so ein hübscher, junger Landcavalier finden wollte,
aber die sind jetzt meist alle unter der Landwehr,
und dergleichen Leute kommen denn auch selten
hier ins Haus. So einer könnte uns am besten
aus der Verlegenheit ziehen. Wenn er nur schon
da wäre! (Man klopft) Herein!

Fünfter Auftritt.

Bern. Baron.

Bern. Ergebener Diener!
Baron. Ich bin Ihr Gehorsamster. Was
steht zu Diensten? Mit wem habe ich die Ehre
zu sprechen?

Bern. Mein Nahme ist Bern.

Baron. Ey das freut mich ja ausnehmend, daß ich so ganz unvermuthet zu dem Vergnügen komme, den Herrn persönlich kennen zu lernen. Sie werden wohl von mir gehört haben. Ich heiße Scarabäus.

Bern. Da muß ich ja vor allen Dingen um Verzeihung bitten, daß ich so frey gewesen bin, in Ihrer Abwesenheit Ihre Zimmer zu bewohnen; aber die Frau Gräfinn —

Baron. O die Zimmer gehören eigentlich ihr, und ich habe sehr gern Platz gemacht. Ich bin zwar wieder eingezogen, da aber der Herr von Bern zurückgekommen sind, so will ich sogleich Anstalt treffen, daß Sie die Zimmer wieder in Besitz nehmen können. Ich werde mich schon zu behelfen wissen.

Bern. Ey behüthe, was trauen Sie mir da für eine Unart zu. Ich will noch diese Nacht wieder fort. Ich bin nur zurückgekommen, um meinen Ueberrock zu holen, den ich heute früh hier zurücklassen mußte.

Baron. So viel ich weiß, hat sich von Ihren Kleidungsstücken oben in meinen Zimmern nichts vorgefunden.

Bern. Der Ueberrock wird vermuthlich noch dort im Cabinet hängen. Als ich abreisen wollte, war das Schloß abgeschnappt, und ich konnte nicht hinein. Erst in Schönwiese fiel mir ein, daß ich in einer Tasche des Ueberrocks eine Brieftasche mit mehrern wichtigen Papieren hatte stecken lassen. Ich hätte meinen Bedienten hereinschicken können, aber ich entschloß mich

ſelbſt zu dem kleinen Motionstritt, denn meine
Geſchäfte waren ſchnell abgemacht, das Wetter
hatte ſich ſo hübſch aufgehellt, wir haben ſchö=
nen Vollmond, ich wollte die Brieftaſche nicht
gern meinem Johann anvertrauen, und dann
trieb mich auch ſo ein gewiſſes unbeſtimmtes
Drängen.

Baron. Ja, ja, ich verſtehe. Was man ſo
ein je ne sais quoi nennt. Dergleichen kenn' ich
aus alten Zeiten. Das kommt wohl vor, wenn
ein Bräutigam ſich eben von ſeiner Braut ge=
trennt hat.

Bern. Iſt die Frau Gräfinn nicht zu Hauſe?

Baron. Im Hauſe iſt ſie wohl, aber im
Hinterhauſe, in der Wohnung der Frau von
Trümmer. Sie wird ſogleich die Ehre haben,
ſich Ihnen als Wahrheit zu präſentiren.

Bern. Als Wahrheit?

Baron. Zu Befehl. Nähmlich maskirt.

Bern. Als maskirte Wahrheit? Wie ſoll ich
das verſtehen?

Baron. Es iſt heute Abend zu Ehren des
neuen Gouverneurs ein Maskenball, und da
will die Gräfinn hinfahren als ſo eine Art von
allegoriſcher Wahrheitsgöttinn, mit einem Spie=
gel und einem Auge und einer Sonne. Die Frau
von Trümmer geht als Veſtalinn, und der Kam=
merherr wird als Harlekin die Gräfinn führen.
Das hat ſo eine ſinnreiche Bedeutung, ich weiß
nicht mehr recht, wie's herauskam, aber es war
ſehr hübſch und ſpitzfindig. Wenn der Herr von
Bern hier geblieben und mitgegangen wären,
hätten Sie können den Harlekin vorſtellen.

Bern. Ich danke ergebenſt.

Baron. Sonſt kann ich Ihnen auch mit ei= ner ſehr ſchönen Maske dienen, von meiner eigenen Erfindung. Vor ſieben Jahren war hier am Sylveſterabend ein großer Maskenball, da ging ich auch hin mit meinem Neven, dem ſeli= gen Grafen. Wir waren beyde als Raupen mas= kirt, und verwandelten uns nachher in Schmet= terlinge. Der Graf war das occellatum oder das Nachtpfauenauge, und meine Wenigkeit der Machaon oder Schwalbenſchwanz. Es nahm ſich recht ſchön aus. Wenn ich dem Herrn von Bern mit dem Schwalbenſchwanz aufwarten kann —

Bern. Sehr obligirt. Ich bin kein Freund vom Maskiren, weder im Spaß noch im Ernſt. Sie ſprachen ja vorhin von einem Kammerherrn, der die Gräfinn führen würde.

Baron. Ja, der Kammerherr von Zunder. Kennen Sie ihn denn nicht?

Bern. Nicht perſönlich.

Baron. Aber von Reputation?

Bern. Ja ganz recht, ich kenne ſeine Repu= tation.

Baron. Er iſt heute erſt aus dem Bade gekommen, ſonſt würden Sie ihn längſt haben kennen lernen, denn er und die Frau von Trüm= mer ſind denn ſo das tägliche Brot hier bey der Gräfinn.

Bern. So?

Baron. Ja, ſchon ſeit vielen Jahren. Die Frau von Trümmer hat die Gräfinn — mit der ſie ein Herz und eine Seele iſt — eigentlich

in das große Weltleben eingeführt, für welches
denn die chère nièce doch auch ganz geschaffen
ist. Nun das werden der Herr von Bern gewiß
gefunden haben.

Bern. Ich? O ja. Freylich, freylich.

Baron. Sie spielt alle Kartenspiele, als ob sie
sie erfunden hätte, und es ist ihr kein Spiel zu hoch.
Sie hat die neuesten Moden immer zuerst, und sie
kleiden keine so gut, als sie. Neulich war sie ganz
altdeutsch gekleidet, und da sah sie so schön aus
wie die Brunhilde in den Nibelungen. Es paßte
nur nicht recht, daß sie in der altdeutschen Tracht
so viel französisch sprach. Sie tanzt so schön wie
die Mamsell Engel. Sie hat auch schon einmal
in einem Ballet, was dem feindlichen Prinzen
zu Ehren vor einigen Jahren hier privatim gegeben wurde, die Venus vorgestellt. Da war
sie ganz so in fleischfarbenes Zeug eingenäht,
und hatte nur ein ganz leichtes dünnes Fähn-
chen drüber. Na, wenn sie der Herr von Bern
da gesehen hätten! Mir altem Manne lief bey
dem Anblicke der Mund voll Wasser, wie würd's
Ihnen erst geworden seyn! Und dabey machte
sie Sprünge — weiß es Gott — so hoch. Und
Komödie müssen Sie sie spielen sehen, das ist,
als ob sie in ihrem Leben nichts anderes getrie-
ben hätte. Vorigen Winter hatten die Herrschaften hier ein Liebhabertheater etablirt, wo ich
auch die Ehre gehabt habe, mich zweymal zu
produciren, einmal als ein Bandit im Abällino
und einmal als Schneider im Dorfbarbier. Da
erinn're ich mich noch die Gräfinn zum letzten-
mal in einer Rolle gesehen zu haben — ich weiß

nicht mehr wie das Stück betitelt war — wo
sie einen dummen Vetter Michel soppte. Das
machte sie ganz unvergleichlich. Sie müssen sich
einmal was von ihr vorspielen lassen.

Bern. Sie hat mir schon etwas vorgespielt.

Baron. Nun sehen Sie einmal. Der Herr
von Bern sind wohl auch ein Freund von der=
gleichen Schalkhaftigkeiten? Ja, ja! Man sieht's
Ihnen auch gleich an, daß Sie anz für die
Gräfinn passen. Mit dem seligen Grafen war
das ein anderes Ding. Der liebte die große
Welt nicht, und blieb gern zu Hause. Es war
mit ihm und mit der Gräfinn wie mit den Johan=
niswürmchen, wo das Weibchen auch stärker
leuchtet als das Männchen. Da war's ihm
denn ganz recht, wenn der Kammerherr, des=
sen Frau auch nicht unter die Leute kommt, die
Gräfinn in die Societäten begleitete, und die
Gräfinn — das muß ich ihr nachrühmen — war
denn auch so artig, ihren Mann ganz ungestört
machen zu lassen, was er nur Lust hatte. Das
war doch sehr hübsch von ihr, nicht wahr?

Bern. O ja, ganz vortrefflich!

Baron. Der Graf hatte so einige Liebhabe=
reyen wie viele Menschen, und wie ich denn auch
die meinige habe. Er war so ein Stück von ei=
nem Chemikus, und destillirte und präparirte
allerley specifica. Er verfertigte unter andern
auch ganz vortreffliche rothe und weiße Schminke,
die jede Witterung, Schnee, Wind und Regen,
und selbst einige inbrünstige Küsse aushält. Die
Gräfinn hat davon gewiß noch Vorrath auf ein
ganzes Jahr, und sie consumirt doch manches

Töpfchen. Nebenbey blies der Selige auch mit Paſſion auf dem Horne, und zwar immer cornu primo, der verſtorbene Herr von Trümmer war denn ſein secundarius. Ich ſage Ihnen, die zwey Herren bliefen ganz koſtbare Duos zuſammen. Der Herr von Bern haben gewiß das Horn da drin im Cabinet hängen ſehen, das hat die Gräfinn dem Grafen noch kurz vor ſeinem Tode am erſten April zu ſeinem Geburtstag geſchenkt. Sind Sie etwa auch ein Liebhaber von der Muſik?

Bern. O ja. Nur nicht von Hörnern. (Für ſich) Ich bin wie aus den Wolken gefallen. (Laut) Ob die Gräfinn wohl bald wiederkommen wird?

Baron. Ich ſollte meynen, ſie müßte gleich hier ſeyn. Es war von einer Whiſtpartie die Rede. Ich könnte wohl nach ihr ſchicken, denn meine Unterhaltung iſt freylich nicht capabel, den Herrn von Bern zu amüſiren.

Bern. O ich verſichere Sie, Herr Baron, Ihre Unterhaltung iſt mir ſehr intereſſant geweſen. Ich wollte, ich hätte ſchon früher Ihre ſchätzbare Bekanntſchaft gemacht.

Baron. Ja, wenn mich die Gräfinn nicht auf's Land geſchickt hätte, als ſie durch Briefe von Ihnen und vom Herrn Juſtizrath erfuhr, daß Sie in die Stadt kommen würden —

Bern. Vom Juſtizrath? Von welchem Juſtizrath?

Baron. Nun vom Juſtizrath Müllner. Sie werden ja wohl wiſſen, daß die Gräfinn ihn ſehr genau kennt?

Bern. Ja — ja — freylich weiß ich's. Als

er hier advocirte, machte die Gräfinn seine Bekanntschaft. Nicht wahr?

Baron. Ja, mein seliger Neveu brauchte
ihn einmal zu seinem Mandatarius. Da kam er
täglich in's Haus, und accompagnirte damals
die Gräfinn fleißig mit der Violine. Er war
ein großer Geiger und ein ganz außerordent-
licher Verehrer von der Gräfinn, wie sie denn
immer von allen Herren verehrt worden ist, die
hier in's Haus gekommen sind. Alle Nationen
haben ihr gehuldigt. Wie wir die Franzosen
hier hatten, war sie unter der hohen Genera-
lität immer oben auf, und so ist sie in der ganzen Stadt mit jeder Sorte von Einquartierung
— und wir haben viele Sorten hier gehabt —
immer am besten weggekommen. Nun und die
allerneuste Einquartierung, ich meyne den Herrn
von Bern, hat sie denn doch auch richtig be-
zaubert.

Bern. Ja, sie hat so gut gezaubert, daß ich
vor lauter Zauber ganz blind geworden bin.
Hören Sie, lieber Herr Baron, (sieht sich um, sein
Blick fällt auf die Cabinetsthüre) aber da steckt ja
der Schlüssel in der Cabinetsthüre. Es ist der
gewöhnliche, ich kenn' ihn am rothen Bändchen.
Die Thüre war doch diesen Morgen verschlossen,
und der Schlüssel sollte inwendig seyn.

Baron (vertraulich und halb in's Ohr). Unter
uns gesagt, mit dem Cabinet muß heut etwas
vorgegangen seyn. Vermuthlich ein kleiner Scherz.
Denn wie ich Nachmittags im Holzstall nach
einer großen Spinne suchte, ging die Frau von
Trümmer mit dem Kammerherrn über den Hof,

und da hörte ich sie von dem Cabinet sprechen, und von einem Ritze in der Thüre, und dabey lachten sie ganz erschrecklich, und es war, als ob sie jemand auslachten.

Bern (für sich). Nun ich bin schön zum Narren gehabt worden. Das sind gute Geschichten.

Baron (am Fenster). Da kommen die maskirten Herrschaften über den Hof.

Bern. Lieber Herr Baron, Sie müssen mir einen Gefallen thun.

Baron. Mit dem größten Vergnügen. Womit kann ich denn dienen?

Bern. Da heute schon einmal in dem Cabinet Versteckens gespielt worden ist, so möcht ich's gern auch damit versuchen.

Baron. Ach ich verstehe. Sie wollen sich mit der Gräfinn ein Späßchen machen.

Bern. Ganz recht. Aber Sie müssen mich nicht eher verrathen, als bis ich selbst herauskomme.

Baron. Ey was denken Sie denn von mir? Ich bin ein großer Freund von scherzhaften Sürprisen. Aber ich höre die Herrschaften, geschwind ins Cabinet.

Bern. Nun in's Himmels Nahmen. Wurst wider Wurst. (Ab in's Cabinet.)

Sechster Auftritt.

Baron. Gräfinn. Als Wahrheit nach der obigen Angabe gekleidet. **Fr. v. Trümmer** als Vestalinn. **Der Kammerherr** als Harlekin. Die Gräfinn legt Spiegel und Maske auf die Toilette, dasselbe thun die beyden andern mit ihren Masken.

Fr. v. Trümmer. Ey sieh da, mein Freund Scarabäus. Bon soir, Sie schalkhafter Raupenjäger!

Kammerh. Willkommen in der Stadt. Haben Sie in Schellwitz gute Jagd gehabt?

Baron. O ja, sehr gute.

Fr. v. Trümmer. Gehen Sie mir mit Ihrer Jagd. Ja wenn Sie noch Hasen und Rebhühner brächten, da ließ ich mir gefallen, aber die garstigen Insecten!

Baron. O erlauben Sie. Das Insectenreich bietet auch mehrere Eßbarkeiten dar. Zum Beyspiel die mancherley Krabben und Krebse, die Kammheuschrecken, die Termiten, die inländischen Ameisen, das Alkermes = Confect, einige Sorten Spinnen, die manche Leute mit besonderem Appetit verspeisen, und die wie Krachmandeln schmecken sollen.

Fr. v. Trümmer. Fi donc! Mir wird ganz übel.

Baron. Ja, ja, ja! Ich weiß wohl, vor den Spinnen haben die Frau von Trümmer eine ganz besondere Aversion. Na warten Sie nur, ich werde mir nächstens so eine recht große, dicke, saftige Kreuzspinne einstecken, und wenn

die Frau von Trümmer mich dann zum Besten
haben —

Fr. v. Trümmer. Ja unterstehen Sie sich!

Gräfinn. Onkelchen, heute müssen Sie sich
schon mit der Trümmer vertragen, denn wir
haben Ihnen die Ehre zugedacht, auf dem Ball
ihr Führer zu seyn.

Kammerh. Sie sollen den Präsidenten ver-
treten. Er hat heute bey dem diner, das von
der Stadt zu Ehren des neuen Gouverneurs
gegeben worden ist, so fleißig auf das Wohl der
hohen Verbündeten getrunken, daß er ganz außer
Stande ist, diesen Abend die Pflichten seines
Cicisbeats zu erfüllen.

Fr. v. Trümmer. Ja, ich habe den Vor-
schlag der Gräfinn angenommen, und acceptire
Sie zum Führer.

Baron. Es ist mir eine große Ehre; aber
wie soll ich mich denn maskiren? Soll ich etwa
meine Schwalbenschwanzmaske —

Fr. v. Trümmer. Warum nicht gar!

Gräfinn. Nein, lieber Onkel. Sie ziehen
den Domino meines verstorbenen Mannes an.
Er liegt mit dem Hut und der Larve im Cabinet
in dem großen braunen Kleiderschrank. Ich will
die Sachen nur bald holen, damit wir sehen,
ob sie Ihnen auch passen.

Baron. Wenn Sie erlauben, so hole ich sie
selbst. (Nimmt das Licht und geht.)

Fr. v. Trümmer. 's ist doch ein rechter
guter alter Narr der Baron.

Gräfinn. O ja, so ein Mittelding von
Secretär, maitre d'hotel, Kammerdiener und

chapeau d'honneur ist gar nicht übel. Er hat
mir ordentlich gefehlt, als ich ihn fortgeschickt
hatte, damit seine alberne Schwatzhaftigkeit mich
bey dem Cousin nicht compromittiren sollte.
Aber wir wollen doch anfangen zu spielen. Wir
haben noch einige Stunden bis zur Essenszeit,
und ich sehne mich recht nach einer Whistpartie,
denn so lange der Cousin hier war, hab' ich
nichts gespielt als grande patience.

K a m m e r h. Es fehlt aber am vierten Mann,
da der Präsident nicht kommt.

G r ä f i n n. Wir spielen en trois mit dem
Strohmann. Kommen Sie, Kammerherr; Franz
ist nach Wein gegangen, wir wollen den Tisch
selbst arrangiren. (Sie thun es während folgenden
Reden. Der Baron kommt aus dem Cabinet, auf dem
Arm einen Domino, in der Hand eine weiße Domino=
larve und einen Hut mit Federn.)

F r. v. T r ü m m e r. Nun, mein vielgeliebter
Scarabäus, probiren Sie den Domino.

B a r o n. Jetzt schon?

F r. v. T r ü m m e r. Warum nicht? Wir sind
ja auch schon maskirt, und ich muß sehen, wie
Sie sich en masque ausnehmen, und ob ich's
wagen kann, Ihnen den Arm zu geben. Ge=
schwind, ziehen Sie an! Machen Sie nur keine
Umstände. (Sie hilft ihm den Domino anziehen.) So!
— Nun müssen Sie aber auch den Hut aufsetzen.

B a r o n. Im Zimmer?

F r. v. T r ü m m e r. Ohne Umstände. Das
ist Maskenfreyheit und ich muß Sie in vollem
Kostüme sehen. (Sie setzt ihm den Hut auf.) So!
— Nun müssen Sie aber auch versuchen, einen

andern Gang, als Ihren gewöhnlichen, anzu=
nehmen, denn an Ihrem Getrippel erkennt man
Sie sonst gleich), und wir wollen im strengsten
Incognito seyn. Probiren Sie einmal, gehen
Sie mal auf und ab wie ein ordentlicher Mensch.

Baron. Soll ich etwa so watscheln wie der
Präsident? (Watschelt hin und her. Gräfinn und
Kammerherr lachen.)

Fr. v. Trümmer. Sie sind ein maliciöser
Schäker!

Gräfinn (die Karten präsentirend). Zieh, liebe
Trümmer! — Herr Kammerherr! — (Sich selbst
die Karten präsentirend.) Frau Gräfinn! — Ich
habe das As, ich spiele also mit dem Stroh=
mann.

Fr. v. Trümmer. Wißt Ihr was, Kinder,
den Strohmann muß der Baron vorstellen.
Dabey kann er etwas profitiren. Er hätte schon
längst Whist lernen sollen. Es fehlt manchmal
am vierten Mann, und en quatre spielt sich's
doch angenehmer. Kommen Sie, alter Herr,
setzen Sie sich hierher.

Baron. Ey nicht doch!

Gräfinn. Ja, ja, Onkelchen! Die Idee
ist nicht übel.

Kammerh. Wir wollen Sie dabey instrui=
ren.

Fr. v. Trümmer. Sie sind diesen Abend
mein auserkorner Cortejo, und müssen Ordre
pariren; also setzen Sie sich nur hier auf diesen
Stuhl, so wie Sie da sind. Wenn Sie es nicht
auf der Stelle thun, so gehe ich auf Ihr Zim=
mer, und richte unter Ihren Insecten eine fürch=

terliche Verwüstung an, die der Schlacht bey
Leipzig nichts nachgeben soll.

Baron. Ich sitze ja schon.

Fr. v. Trümmer. Nun müssen Sie aber
auch die Larve vornehmen, damit Sie einem
Strohmanne vollkommen ähnlich sehen.

Baron. Nein, erlauben Sie —

Fr. v. Trümmer. Geschwind, oder ich
liefre die Insectenschlacht. Ich muß Sie schon
ein wenig bestrafen, denn die Gräfinn hat mir
ein Paar ganz maliciöse Redensarten erzählt,
die Sie sich vorhin erfrecht haben, gegen mich
auszustoßen. Also nur vor mit der Larve! (Dringt
ihm die Larve auf. Man hört von fern einen Marsch
von Blasinstrumenten.)

Gräfinn. Was ist das? (Außer dem Baron
sitzt noch niemand.)

Kammerh. Unfehlbar das Ständchen, das
dem Gouverneur gebracht wird. Wollen wir
den Zug nicht sehen? Er geht hier vor dem
Hause vorbey.

Gräfinn. Ey freylich sehen wir ihn, wir
gehen in's Vorzimmer. (Nimmt ein Licht. Der Baron will aufstehen. Frau von Trümmer drückt ihn wieder auf den Stuhl.)

Fr. v. Trümmer. Still gesessen! Nicht ge-
mucht und nicht gerührt. Ein Strohmann darf
sich nicht bewegen; Sie bleiben ruhig und unbeweglich sitzen, bis wir zurückkommen, sonst
massakrire ich die Insecten. (Mit der Gräfinn und
dem Kammerherrn lachend durch die Mittelthüre rechts
ab.)

Schall. Die unterbr. Whistpartie.   12

Siebenter Auftritt.

Baron. Bern.

Bern (der, nachdem der Baron ein Weilchen unbeweglich da gesessen, aus dem Cabinet kommt. Er schüttelt den Baron, der sich nicht rührt). Herr Baron, Herr Baron! Hören Sie doch!

Baron. Ich darf ja nicht muchsen. Haben Sie nicht gehört, was mir die Frau von Trümmer gedroht hat?

Bern. I Sie werden sich doch vor der alten Schachtel nicht fürchten.

Baron (nimmt die Larve ab). Aber die alte Schachtel will ja meine Insectenschachteln gänzlich zerschlagen, und Sie kennen die Frau nicht. Ich sage Ihnen, wenn sie in die rage kommt, sie nimmt's mit einem Pulk Kosaken auf.

Bern. Ich gebe Ihnen meine Cavaliersparole, daß Ihren Insecten nicht ein Fühlhorn gekrümmt werden soll. So stehen Sie doch nur auf.

Baron (thut es). Aber geben Sie mir die Hand darauf, daß Sie mich beschützen, wenn die Frau von Trümmer —

Bern. Ja doch, ja! Seyn Sie nur so gütig und ziehen Sie das Ding da aus.

Baron. Den Domino? Warum denn?

Bern. Weil ich ihn anziehen will!

Baron. Sie?

Bern. Ja, ich will mich an Ihre Stelle hieher setzen.

Baron. Das ist recht lustig ausgedacht. Aber wenn nur nicht die Frau von Trümmer —

Bern. Mein Gött! ich bin ja Ihr Alliirter auf Schutz und Trutz. (Will den Domino, den der Baron ausgezogen hat, anziehen, und kann nicht recht damit fertig werden.)

Baron. Erlauben Sie, ich werde Ihnen helfen. (Thut es.)

Bern (sich umsehend). Es kommt doch niemand? Es war mir, als hört' ich jemand dort an der Thüre. (Deutet auf die Mittelthüre links.)

Baron. Es wird vielleicht das Fräulein gewesen seyn.

Bern. Das Fräulein? Das Fräulein Emilie? Ist sie denn in der Stadt? Ist sie nicht mehr draußen wo der — alte Schnüffler immer hinkommt?

Baron. Also wissen Sie auch schon von der Geschichte? Ach, da könnten Sie der armen Kleinen einen rechten Dienst leisten. Sie werden wissen, daß sie den Schnüffler durchaus nicht nehmen will.

Bern. Was? Sie will ihn nicht nehmen?

Baron. Bewahre! Sie sträubt sich mit aller Gewalt dagegen, und die Gräfinn verlangt von mir, daß ich sie zwingen soll. Wenn Sie nun dem guten Kinde beyständen —

Bern. Ich will ihr beystehen, aber sie muß mich heirathen.

Baron. Das Fräulein soll Sie heirathen?

Bern (möglichst schnell). Ja, Herr Baron, das soll sie. Ich wundre mich nicht, daß Sie sich wundern; aber ich werde Ihnen nachher

12

Alles erklären, wie's zusammenhängt. Mit mir
und der Gräfinn ist's aus, rein aus. Seyn
Sie so gütig und gehen Sie zum Fräulein.
Sie sind ihr Vormund und also der beste Frey=
werber. Sie sind ein lieber, guter, braver,
wackerer Mann, und ich weiß gewiß, Sie ge=
ben zu meiner Heirath mit der lieben Emilie
Ihre Einwilligung. Sagen Sie ihr, ich ließe
sie recht schön bitten, sie sollte doch meine Frau
werden, ich wollte sie auch gewiß recht glück=
lich machen, und wollte sie lieb haben bis in
alle Ewigkeit. Und damit sie nicht etwa glaubt,
ich wollte sie jetzt nur haben, weil's mit der
Gräfinn vorbey ist, so seyn Sie so gütig und
bringen Sie ihr hier den Brief, der auch in
der Brieftasche lag, die ich zu meinem großen
Glücke hier vergessen hatte. Ich wollte ihn an
den Spitzbuben, den Justizrath, abschicken, da
kann sie lesen, wie sehr sie mir gleich beym er=
sten Anblicke gefallen hat.

Baron. Aber bester Herr von Bern, ich be=
greife gar nicht —

Bern (schnell, wie oben). Sie sollen Alles
begreifen, es soll Ihnen Alles klar werden,
aber jetzt gehen Sie nur vor allen Dingen zum
Fräulein. Wenn sie mich will—und Gott geb's,
daß sie mich will — dann ziehen Sie mit uns
nach Walldorf und leben und sterben bey uns.
Der selige Onkel hat eine ganz prächtige Samm=
lung von ostindischen und surinamischen Schmet=
terlingen hinterlassen, die schenke ich Ihnen,
und eh' Sie alle Käfer und Raupen fangen, die
in Walldorf sind, können Sie noch einmal so

alt werden wie Methusalem, und nicht wahr,
— wenn sich das Fräulein sträubt, Sie reden
ihr zu —

Baron. Ach ich glaube, das Zureden wird
gar nicht nöthig seyn. Wenn ich nur begreifen
könnte —

Bern. Ich höre das Maskengesindel. Gehen
Sie, lieber Baron, gehen Sie, thun Sie mir
die einzige Freundschaft, und machen Sie, daß
Sie fortkommen. (Schiebt den Baron fort.)

Baron. Ich bin so confus, ich weiß nicht,
wo mir der Kopf steht. (Ab.)

Bern. Wart. Ihr sollt Euch über den Strohmann wundern. (Maskirt und setzt sich.)

Achter Auftritt.

Bern. Gräfinn. Frau von Trümmer. Kammerherr.

Fr. v. Trümmer. Da sitzt er wahrhaftig
und rührt sich nicht. Bravo, Baröuchen, Ihre
Folgsamkeit ist lobenswerth.

Gräfinn. Du könntest ihn wohl zur Be-
lohnung dieser Folgsamkeit erlösen.

Fr. v. Trümmer. Nein, nein! Einen Robber
hindurch muß er aushalten. Ich habe mir längst
gewünscht, bey dem Whist en trois einmal einen wirklich personificirten Strohmann vor mir
zu haben, und der Baron paßt zu der Rolle
vortrefflich.

Kammerh. Noch besser würde es passen,
wenn der zärtliche Bräutigam unserer schönen

Freundin ihr als Strohmann gegenübersaße, und sie mit ihm spielte. Das gäbe Stoff zu Wortspielen und Epigrammen.

Fr. v. Trümmer. Wo mag der gute Junge jetzt seyn?

Kammerh. Unter Bauern, wo er hingehört. Ich bin recht froh, daß er nicht hier ist und uns den Abend verdirbt.

Gräfinn. Wer weiß, ob er nicht heimlich zurückgekehrt ist, um mich auf dem bal masque zu überraschen.

Kammerh. Als Pumpernickel oder Feldkümmel müßte er sich recht gut ausnehmen, und Sie könnten ihm dann in Ihrem Masken-Charakter einen Vers präsentiren, etwa folgenden:

Laß deine Maske nur zu Haus,
Auch unmaskirt lacht man dich aus.

Gräfinn. Das inpromtu ist nicht übel.

Fr. v. Trümmer. Formir' ihn nur recht nach deinem Sinne, daß er so hübsch nachgiebig wird, als der selige Gatte.

Kammerh. Und eben so wenig eifersüchtig, das bitte ich mir ganz besonders aus.

Fr. v. Trümmer. So etwas müßte eigentlich im Ehe-Contract förmlich ausgemacht werden. Nun der Justizrath wird die Bedingungen schon zu deiner Zufriedenheit einrichten. Und er soll ja auf etwanige Scheidung denken, denn man kann doch nicht wissen, was vorkommt.

Gräfinn. Ich werde mich bemühen, Ihre beyderseitigen Lehren und Wünsche möglichst zu beachten Nun dächte ich aber, wir hätten heute genug von meinem Auserkohrnen geschwatzt. Man muß auch den interessantesten Gegenstand in der Conversation nicht ganz erschöpfen. Darum wollen wir endlich einmal anfangen zu spielen. Ich dächte, wir spielten unser gewöhnliches kleines freundschaftliches Spiel, das point zu einem Thaler, den Robber à onze mit großem und kleinem Schlemm und mit Rest. Wollen wir auf den Robber noch einen Ducaten pariren, Kammerherr? denn ich habe heute eigentlich ganz besondere Lust, gros jeu zu spielen.

Kammerh. Ich spiele gegen Sie, so hoch Sie nur wollen, denn Sie müssen heut nothwendig Unglück im Spiele haben, da Ihnen in der Liebe ein so großes Glück zu Theil geworden ist.

Gräfinn. Aber, liebe Trümmer, ehe wir Platz nehmen und ich mich dem Baron gegenübersetze, muß er die Larve abnehmen. Er sieht mir mit dem weißen Todtengesicht und dem Domino meines verstorbenen Mannes gar zu geistermäßig aus. Es wird mir ganz unheimlich, wenn ich die starre, unbewegliche Gestalt ansehe

Fr. v. Trümmer. Rührt sich dein Gewissen, du furchtsame Seele? Glaube mir, unsere selig verstorbenen Ehegemahle haben sich im Leben viel zu sehr vor uns gefürchtet, als daß wir uns nach ihrem Tode vor ihnen fürchten sollten. Indeß demaskiren Sie sich nur, Baron, damit die Gräfinn sich an Ihrer unschuldigen Physiognomie von ihrer Geisterfurcht erholt. Nun so rühren Sie sich doch! Nehmen

Sie doch die Maske ab, Baron! Ich glaube wahrhaftig, er ist eingeschlafen. (Ihm in die Ohren) Baron Scarabäus!

Kammerh. und Gräfinn (rufen lachend mit). Baron! Baron! Hören Sie nicht, Baron!

Neunter Auftritt.

Vorige. Baron.

Baron (der bey dem Rufen eingetreten ist, und auf einmal mitten unter den Rufenden steht). Da bin ich schon. Was steht denn zu Diensten? (Gruppe des Erstaunens.)

Fr. v. Trümmer. Welche Erscheinung!

Kammerh. Scarabäus in duplo!

Gräfinn. Was ist das? Wer ist die Maske?

Bern (aufstehend und die Larve abnehmend). Die Maske bin ich. Gehorsamer Diener! (Zieht den Domino aus. Pause.)

Gräfinn (faßt sich zuerst. Erzwungen lächelnd.) Ey, das ist ja eine recht lustige Ueberraschung.

Fr. v. Trümmer (erzwungen freundlich). Es ist uns sehr angenehm —

Kammerh. (eben so). Wir sind sehr erfreut —

Bern. Ich bin auch sehr erfreut, das versichere ich Sie, besonders wenn der Baron mir gute Nachricht bringt. Nun, lieber Baron, wie steht's mit dem Fräulein?

Baron. Ich denke recht wie Sie wünschen. Das gute Kind war ganz ausnehmend vergnügt über den Brief, den Sie ihr geschickt haben, und über den Antrag, den ich ganz ordentlich ausgerichtet habe. Ich konnte zwar ihre bestimmte Antwort nicht abwarten, da die Herrschaften hier mich riefen, aber wenn der Herr von Bern sich nur selbst zu der Kleinen bemühen wollen, so wird die Sache gar keine Schwierigkeiten haben.

Bern. Gott sey Dank! Ach, lieber Herr Baron, was bin ich Ihnen für Dank schuldig. Sie haben mir eigentlich die Augen geöffnet und den Staar gestochen, der mich ganz blind gemacht hat.

Baron. Ich bitte recht sehr. Ich weiß gar nicht, was der Herr von Bern mit dem Staar zu meynen belieben.

Gräfinn Mein lieber Bräutigam! —

Bern. Zu viel Ehre! Ich bin ihrer nicht würdig. Ich will dem ehrlichen Herrn Justizrath die Mühe ersparen, und die Scheidung lieber vor der Hochzeit abmachen. Zum Strohmanne taug' ich nicht, und ich liebe zwar die Wahrheit, aber nicht in Gesellschaft der Narrheit und ohne Maske. So hoff' ich sie in Fräulein Emilien zu finden, von der ich mir jetzt ein ehrliches Jawort holen will. Uebrigens hab' ich die Ehre, der Frau Wahrheit, der keuschen Vestalinn und dem witzigen Herrn Hanswurst recht viel Vergnügen auf der Maskerade zu wünschen, aber nehmen Sie sich in Acht, daß Ihnen nicht vielleicht der bewußte Pumpernickel zuruft:

> Laßt Eure Masken doch zu Haus,
> Auch unmaskirt lacht man Euch aus.

Schall. Die unterbr. Whistpartie.　　　　13

Und ich denke, wer zuletzt lacht, lacht am be=
sten. Gehorsamer Diener. (Ab.)

Fr. v. Trümmer. (zum Kammerherrn). Gehen
Sie ihm nach, schlagen Sie sich mit ihm.

Kammerh. Mein Gott, womit denn? ich
habe ja nur hier die Pritsche.

Gräfinn. Ich bin gräßlich düpirt! Der
Schreck ist mir in alle Glieder gefahren.

Baron. Befehlen die chère nièce etwas von
meinem nervenstärkenden Ameisenspiritus?

Gräfinn. Gehen Sie zu Ihren Insecten!
Was hier eigentlich alles vorgefallen ist, weiß
ich zwar nicht, so viel ist aber gewiß, daß ich
Ihrer Albernheit diese abscheuliche Catastrophe
zu danken habe. (Ab in ihr Schlafzimmer.)

Kammerh. Sie sind an dem ganzen Unglück
Schuld. (Der Gräfinn nach.)

Fr. v. Trümmer. Sie müssen aufgespießt
werden wie ein Maykäfer! (Nach.)

Baron. Da laufen sie alle fort, und hunzen
mich noch herunter; ich weiß nicht warum,
und Keiner gibt mir eine Erklärung über die
Geschichte, aus der ich doch gar nicht klug wer=
den kann. (Zum Parterre) Seyn Sie doch so gü=
tig, meine Herren, und sagen Sie mir, wie's
eigentlich damit zusammenhängt.

E n d e.

In ebendemselben Verlage ist neu erschienen:

Hygiastik,

oder:

Die Kunst,

lange zu leben und dabey gesund und froh zu bleiben.

Von

Dr. C. F. L. Wildberg.

Taschenformat, in Umschlag geb. 54kr. C. M.

Inhalt:

Ueber die Wichtigkeit der physischen Selbstkennt=
niß für Jedermann. — Die physische Erziehung
der Kinder im ersten Lebensjahre. — Welche Um=
stände berechtigen eine Mutter, sich des Selbst=
stillens zu begeben? — Von den Nachtheilen ei=
ner zu frühen geistigen Bildung der Kinder. —
Betrachtungen über das Heirathen in physischer
Hinsicht. — Die Enthaltung vom unehelichen und
außerehelichen Geschlechtsgenusse, als ein Mittel
zur Erhaltung und Beförderung der Gesundheit
und zur Verlängerung des Lebens. — Allgemeine
Betrachtungen über die Nahrungsmittel des Men=
schen. — Von den Nahrungsmitteln aus dem Thier=
reiche. — Von den Nahrungsmitteln aus dem Pflan=
zenreiche. — Worte der Warnung vor Gefahren
der Vergiftung der Speisen. — Die richtige Spei=
seordnung. — Die rechte Zeit zum Essen. — Ue=
ber das Frühstück. — Ueber den Werth des Was=
sertrinkens. — Ueber den Wein als Getränk. —

eber die verschiedenen Arten des Biers als Getränk. — Würdigung des Branntweintrinkens. — eber das Tabakrauchen. — Einige Worte über das Tabakschnupfen. — Die Tageszeiten, in Beziehung auf den menschlichen Körper. — Ueber den Schlaf und die Schlafstellen. — Körperliche Bewegung, nach ihrem Einflusse auf die Gesundheit betrachtet. — Das Tanzen überhaupt, und das Tanzen in unserer Zeit insbesondere. — Ueber den Einfluß der Kleidertracht auf die Gesundheit. — Die Pflege der Zähne, ein Bedürfniß für alle Menschen. — Sorge für die Erhaltung gesunder Augen. — Ueber die natürlichen Ausleerungen. — Die Gewohnheit nach ihrem Einflusse auf die Gesundheit betrachtet. — Allgemeine Betrachtung über den Einfluß der Leidenschaften auf den Körper. — Kurze Betrachtung über die Heitzung der Zimmer. — Das Waschen und Baden, als Beförderungsmittel der Gesundheit für Kinder und Erwachsene. — Ueber das Vorurtheil: wenn das Ziel des Menschen da ist, so ist doch alle Mühe und Hülfe vergebens, und was noch leben soll, lebt doch wohl, wenn man in Krankheiten auch nichts gebraucht. — Ueber den rechten Gebrauch der Arzneymittel. — Ueber den rechten Gebrauch der Aerzte. — Daß der Gebrauch der Frühlingscuren häufig ein Mittel sey, die Gesundheit zu zerstören. — Aphoristische Bemerkungen über Armen- und Krankenpflege. — Ueber öffentliche Speiseanstalten für Arme, als Bedürfniß guter Armenanstalten. — Ein Wort an Hausmütter, über die Nothwendigkeit einer Aufsicht auf die weiblichen Dienstbothen in Rücksicht ihres Physischen. — Ueber den Gebrauch: Wochenvisiten zu machen, und den Wöchnerinnen Suppen zu schicken. — Leichenbegängnisse, als Ursache der Krankheit und des Todes.